KB078582

승유 장편 소설

FUSION FANTASTIC STORY

월드 플레이어

WORLD PLAYER

월드 플레이어 2

승유 장편 소설

초판 1쇄 찍은 날 § 2015년 7월 8일
초판 1쇄 펴낸 날 § 2015년 7월 15일

지은이 § 승유
펴낸이 § 서경석

편집책임 § 한준만

펴낸곳 § 도서출판 청어람
등록번호 § 제387-1999-000006호
등록일자 § 1999. 5. 31
어람번호 § 제1-2170호

주소 § 경기도 부천시 원미구 부일로 483번길 40 서경B/D 3F (우) 420-822
전화 § 032-656-4452 팩스 § 032-656-4453
http://www.chungeoram.com
E-mail § chungeorambook@daum.net

ⓒ 승유, 2015

ISBN 979-11-04-90306-9 04810
ISBN 979-11-04-90304-5 (세트)

※ 파본은 구입하신 서점에서 교환하여 드립니다.
※ 저자와 협의하여 인지를 붙이지 않습니다.
※ 이 책은 도서출판 청어람과 저작자의 계약에 의해 출판된 것이므로,
   무단 전재 및 유포 · 공유를 금합니다.

승유 장편 소설

FUSION FANTASTIC STORY

월드 플레이어 2

WORLD PLAYER

도서출판 청어람

월드 플레이어
WORLD PLAYER

CONTENTS

제1장
2주 후(2 Weeks Later)

스으으으윽.

째깍째깍.

멈춰 있던 시간이 다시 흘러가기 시작한다.

"후우. 이렇게 E랭크가 됐군."

동원이 흘러내리는 땀을 닦아냈다. E랭크로의 승급전을
막 끝내고 나온 참이었다. 승급전이라는 이름에 걸맞게, 퀘
스트는 상당히 어려웠다.

개인 퀘스트임에도 불구하고 다수의 몬스터들을 상대해
야 했는데, 그 수가 얼마나 많았던지 2주 전에 있었던 단체

퀘스트를 생각나게 만들 정도였다.

　지난 2주의 시간은 동원에게는 끊임없는 수련과 훈련, 그리고 퀘스트 도전으로 쉴 새 없는 시간들이었다.

　동원은 대기 시간이 끝날 때마다 끊임없이 퀘스트에 참여했다. 퀘스트의 대기 시간 적용은 순서에 따라 달라졌는데, 8시간, 16시간, 24시간 순으로 계속해서 반복 적용됐다. 즉, 첫 번째 퀘스트를 완료하고 나서는 8시간의 대기 시간이 적용됐고, 두 번째 퀘스트 완료 이후에는 16시간, 그다음은 24시간, 그다음은 8시간 이런 식이었다.

　그래서 체력을 안배하는 것은 어렵지 않았다. 충분한 수면을 취할 수도 있었다. 포탈을 찾아다니며 변이체들을 사냥하는 것에 시간을 투자해서 그렇지, 대기 시간 자체만 놓고 보면 휴식을 취할 만큼 취한 뒤 참여하는 것은 얼마든지 가능했다.

　2주의 시간이 지나면서 세상은 급격히 달라졌다.

　초창기에만 해도 스피어의 존재 자체를 부정했던 사람들은 이제 현실을 받아들이기 시작했다. 거짓말, 조작된 사실이라고 하기엔 스피어에 링크된 사람이 많았기 때문이다.

　정부 추산에 따르면 대한민국에서만 약 100만 명가량의 사람들이 스피어에 링크되었다고 했다. 그들의 대다수가 동원과 비슷한 나이, 20대 초반에서 40대 초반에 포진되어 있었다. 어린아이나 노약자가 스피어에 링크되었다는 이야기는 거의 없다시피 했는데, 몇몇 전문가는 스피어가 전투 능력을 최대화할 수 있는 젊은 남녀에게 관심이 많아서 그럴 것이라는 분석을 내놓았다.

동원은 전문가들의 그런 예상에 어느 정도 공감하고 있었다. 스피어가 내놓는 퀘스트들은 어린아이나 노인들이 도전하기엔 너무나도 어려운 것들이었다. 하다못해 동원도 죽을 고비를 몇 번이나 넘길 정도였는데, 노약자들이라면 죽지 않고 배길 수가 없었을 것이다.

딸깍. 딸깍.

동원이 마우스를 움직여 가며 모니터에 출력된 다양한 사이트에 올라오고 있는 글들을 확인했다.

―금일로 저희 '가온'의 스피어러인 김정수 군이 D랭크에 진입했습니다. 저희 '가온'은 더 빠른 성장과 실력 향상을 바탕으로, 여러분들의 안전을 지킬 수 있는 작업에 역량을 총동원하겠습니다.

"D랭크라… 하드 모드는 전부 스킵한 모양이지? 랭크가 전부는 아닐 텐데."

동원이 미리 타두었던 커피를 한 모금 들이켜며 중얼거렸다. D랭크. 동원의 E랭크와 비교한다면 한 단계나 차이가 나는 수준이었다.

하지만 그렇다고 해서 저 김정수라는 인물이 동원보다 강한 것이냐? 라고 묻는다면 아니었다. 그것은 바로 하드 모드의 존재 때문이었다.

스피어의 존재가 알려지면서 사람들은 스피어에 링크된 사람들은 스피어러라고 불렀다. 스피어 유저, 챌린저 등등의 용어들이 사용됐지만, 가장 직관적으로 사용하기 좋은 단어는 역시 스피어러였던 것이다.

스피어러들의 대부분은 랭크 상승에 많은 관심을 가졌다. 스피어 내에서 구매할 수 있는 다양한 물품들 중에 랭크 단위로 구매가 제한된 물건들도 많았기 때문이다.

현재 동원이 양손에 끼고 있는 건틀릿은 25스피어로 구매한 것으로 평소에는 팔찌 형태로 양 팔목에 걸려 있다가, 좌측의 버튼을 누르면 손 전체를 감싸는 건틀릿이 형성되는 식으로 구축되어 있었다. 이것이 방금 동원이 E랭크를 달성하면서 구매 제한이 풀려 구매한 물품이었다.

1스피어를 주고 샀던 기본 너클에 비교한다면 공격력도 상당할뿐더러, 내구성도 좋아 오랜 기간 사용할 수 있었다. 아울러 형태 변환이 가능해서, 비전투 시에는 팔찌 같은 장신구 형태로 만들어둘 수도 있었다.

이런 식으로 랭크가 상승되면 구매할 수 있는 선택지가

많아졌다. 그것들의 품질은 훨씬 좋았고 옵션도 다양했다. 물론 가격은 그만큼 비쌌지만, 비싼 값을 했다.

때문에 스피어러들은 랭크에 상당히 집착하는 경향을 보였다. 그것은 매우 당연한 것이었고, 현재 대한민국에서 우후죽순으로 난립하고 있는 클랜 중에서 최고라 할 수 있는 스피어 클랜, '가온' 역시 마찬가지였다.

동원은 현재 소속이 없었다. 선택되지 못한 것이 아니라, 선택하지 않은 것이다. 지금 난립하고 있는 클랜들은 하나같이 자신들의 이익만을 추구하는 집단이었다.

비현실적인 정의 추구라던가 세계 질서 유지 같은 헛소리를 늘어놓는 단체도 문제가 되지만, 지나치게 이익만 추구하는 클랜들은 동원의 관심에 없었다. 그리고 지금이 편했다. 알게 된 지인들과 틈틈이 커넥션을 유지하며 혼자 활동하는 것. 오랜 기간을 홀로 지내왔던 동원에게는 익숙한 일이었다.

"왜 하드 모드에 큰 관심이 없는 걸까?"

하드 모드의 퀘스트는 말 그대로 앞서 경험한 퀘스트들의 난이도를 어렵게 조정한 것이었다. 하드 모드 퀘스트가 기존의 노멀 퀘스트와 다른 점이 있다면, 타임어택에 따른 패널티가 없다는 점이다.

기존의 노멀 퀘스트는 타임어택을 보게 되면, 스피어러

가 해당된 랭크의 최초 단계로 모든 것이 롤백되도록 되어 있었다. 퀘스트 횟수가 01로 초기화되고, 그 시점에 보유했던 물품과 스피어 개수로 모든 것이 롤백된다.

하지만 하드 모드는 타임어택을 보더라도 별도의 롤백은 없었다.

물론 몇 가지 특징이 있었다.

첫째는 1인 1회 도전 제한이다. 즉, 실패했을 때 재도전은 불가능했다.

둘째는 퀘스트 수행 횟수 미포함이었다. 노멀 퀘스트는 퀘스트 횟수에 포함되기 때문에 10번을 수행하고 나면 반드시 승급전을 치러야 했다. 하지만 하드 모드 퀘스트는 포함되지 않았다. 그래서 동원은 먼저 노멀 퀘스트를 10번을 진행하여 승급전 요건을 갖춘 뒤, 다시 하드 모드 퀘스트를 수행해 왔던 것이다.

셋째는 노멀 퀘스트와는 확연하게 다른 보상이었다. 보상은 동일 내용 노멀 퀘스트에 비해 최소 2배에서 많게는 4.5배가량이 주어졌다. 다만 그만큼 어려웠고 위험했다. 게다가 여기서 죽게 될 경우, 현실에서 죽는 것은 매한가지이기 때문에 상당한 리스크를 감수해야 하기도 했다.

"어차피 랭크가 올라가게 되면 그것대로 퀘스트는 어려워질 텐데. 이미 그런 조짐들이 보이고 있고."

스피어러들이 하드 모드 퀘스트를 기피하는 이유는 단 하나, 죽음에 대한 공포 때문이었다. 노멀 퀘스트만 진행하는 게 하드 모드까지 함께 진행하는 것보다는 더 안전할 것이라 생각한 것이다.

이런 추세와 달리 동원은 하드 모드 퀘스트를 남김없이 수행하며 내실을 탄탄하게 다지고 있었다. 치밀하게 계획을 세워가며 준비한 덕분에 실패한 적도 없었다.

물론 위험했던 적은 있었다. 바로 하드 모드에서의 단체 퀘스트를 수행했을 때였다.

도전하는 스피어러들이 부족해 매칭을 하는데 시간이 한참 걸렸는데, 종국에 이르러서는 아예 외국인들이 매칭에 잡혔던 것이다. 자동으로 스피어 내부에서 통역이 이루어져 의사소통에 지장은 없었지만, 몇 시간을 기다려야 했을 정도로 참여자가 적었다.

"케인에게 메일이나 하나 보내두어야겠군. 곧 우리나라에 온다고는 했는데 언제쯤 오려나."

죽을 고비를 함께 넘겼던 외국인 동료가 생각났다. 하드 모드 퀘스트에서 마주하는 몬스터들은 노멀 모드에 비해 훨씬 더 강력하고 단단했다. 그래서 미니 웜들도 한두 번의 타격으로 죽는 것이 아니라, 몇 번을 반복해서 공격해야 했다.

그래서 까다로웠고, 매 순간이 위험의 연속이었다. 케인은 자신과 호흡을 맞춰 싸웠던 같은 라인의 외국인이었다. 다른 동료들도 있었지만, 그들은 퀘스트 완료 후 통성명과 연락처 교환을 꺼렸다. 이유는 알 수 없었지만 사적인 교류에 대해서는 관심이 없는 눈치였다.

다만 케인은 동원과 망설임 없이 연락처를 교환했고 이메일 주소도 알려주었다. 그 이후, 동원은 케인과 주기적으로 연락을 주고받고 있었다. 물론 대다수의 문장을 번역기에 의존한 대화였지만, 그래도 중요한 사실들을 주고받는 데에는 큰 문제가 없었다.

척. 스르르르륵.

척. 스르르르륵.

동원이 양손에 팔찌처럼 채워져 있는 은빛 띠의 옆에 있는 검은색 버튼을 누르자 자연스럽게 손 전체를 감싸는 건틀릿이 착용된다. 그리고 다시 한 번 누르니 팔찌의 모습으로 돌아간다.

편리했다. 동원이 쓰던 기본 너클은 이제 닳고 닳아 더 이상 쓸 수 없는 물건이 되어 있었다. 지금은 방 한편에 동원의 첫 도전을 생각나게 하는 추억의 물건으로 보관되고 있는 중이었다.

―안녕하십니까? 특집 '스피어의 실체'의 진행자를 맡은

김철민입니다. 오늘은 스피어러로 알려진 최학성 씨를 모셨는데요, 지금은 고인이 되신 연예인 김창식 씨의 사인이 스피어라고 하셨다고 들었습니다만… 사실입니까?

동원이 습관적으로 켜놓은 티비에서는 특집이 방송되고 있었다. 지금 대한민국의 방송가는 온통 스피어에 대한 보도들로 도배가 되다시피 하고 있었다.

현대 문명의 개념을 완전히 뒤엎고, 평범한 인간의 기술로는 상상조차 할 수 없을 스피어라는 시스템이 등장하면서 모든 패러다임이 급변하고 있었던 것이다.

스피어는 화두였다. 수많은 이야기가 특집이라는 이름을 달고 쉴 새 없이 쏟아져 나오고 있었지만, 사람들은 질려하기보다는 내용 하나하나에 더 많은 관심을 가졌다.

―예, 그렇습니다. 김창식 씨는 제가 참여했던 단체 퀘스트에서 유명을 달리하였습니다. 제가 직접 보아서 잘 알고 있습니다.

"음… 저 사람, 남쪽 팀에 있었던 사람이군."

통성명을 한 사이는 아니지만, 워낙에 또렷했던 기억이라 얼굴은 알고 있었다. 신정철과 같은 라인에 있었던 사람이지만 함께 퀘스트를 수행했으니 김창식의 죽음에 대해 모르지는 않을 것이다.

그때는 말 없는 사람이라 생각했는데 아주 유창하게 긴

장하는 기색 없이 말을 이어가고 있었다. 이런 특집에 참여하게 되면 상당한 출연료를 받는다고 했다. 어마어마할 정도까진 아니지만, 일반인의 출연치고는 상당한.

―김창식 씨의 실제 사인은 심장마비로 알려져 있는데요. 최학성 씨의 말씀은 스피어 내에서 있었던 김창식 씨의 죽음이 현실에서의 심장마비로 이어졌다, 이 말씀이십니까?

―그렇습니다. 고인에게는 안타까운 죽음이었습니다.

―어떻게 최후를 맞이했는지 기억하십니까? 김창식 씨의 유가족들은 김창식 씨가 스피어러였다는 사실이 알려진 이후, 고인의 죽음에 대해 궁금해했는데요. 제대로 알려진 것이 없어 속앓이를 해왔던 상황입니다. 혹시 유언이라든가, 다른 남겨진 말은 없었습니까?

―…….

최학성의 표정에 망설임이 인다. 그날 김창식과 함께 퀘스트를 수행했던 생존자 10명은 알고 있다. 그가 어떤 식으로 최후를 맞이했는지를.

쉽게 말해 개죽음이었다. 욕심을 쫓은 자의 당연한 말로였다. 최학성이 저 방송에 출연을 결심하게 된 것은 출연료에 대한 욕심이었을 뿐, 괜한 이야기를 꺼내 트집을 잡힐 생각으로 나간 것은 아닐 터다.

동원은 차라리 최학성이 현명하게 잘 둘러대기를 바랐다. 스피어를 주우려다가 데스웜에게 잡아먹혀 죽었습니다, 라고 말하면 볼 것도 없이 고인에 대한 명예훼손부터 시작해서 온갖 뭇매를 맞게 될 테니까. 그게 설령 사실이어도 증명할 길이 없으니 말이다.

─최선을 다해 싸우셨습니다. 그리고 마지막에 말씀하셨습니다. 가족들에게 꼭 전해 달라고 하시더군요, 끝까지 한 점 부끄럼 없이 최선을 다해 싸웠다고… 말이죠.

"푸훗."

최학성이 능청스럽게 둘러댄 거짓말과 실제 자신이 경험했던 모습이 순식간에 겹쳐지며 생긴 이질감에 동원이 코웃음을 터뜨렸다.

이미 죽은 사람이다. 동원은 신경 쓰고 싶지 않았다.

삑.

동원은 다시 티비를 껐다. 티비는 온통 저런 이야기들뿐이다. 증명할 수 없는 거짓된 사실들이 난무하고 괴담들이 확대되어 재편성된다.

당장에 내일을 생존해야 하는 동원에게 저런 가십 거리들은 관심 밖이었다. 최학성의 처지도 이해는 가지만, 저런 방송에서 헛소리를 늘어놓을 시간에 어떻게 다음 퀘스트를 수행해야 할지 고민하는 게 좋을 터다.

드르르륵.

그때, 동원의 스마트폰 진동이 매섭게 울렸다.

─이유리

"생각보다 늦은 시간인데."

발신자 표시를 보니 이유리의 전화였다.

이제 막 자정을 넘긴 시간. 무슨 전화인 걸까.

제2장
달라진 일상

"여보세요."

동원이 전화를 받았다.

ㅡ오빠, 저예요. 집 앞이에요.

"이 시간에 무슨 일이야?"

ㅡ커피 한 잔 어때요?

"음… 나쁘지 않지."

술을 끊은 지는 좀 되는 동원이었다. 스피어러가 된 이후, 동원은 즐겨 마시던 맥주를 끊었다. 몸에 도움이 되지 않는다고 생각했기 때문이다.

스피어의 시스템은 특이한 점이 있었다. 현실에서의 변화가 스탯에 어느 정도 반영되었던 것이다. 물론 엄청난 변화가 일어나는 것은 아니었다.

알려진 바에 따르면 동원처럼 근육이 붙을 만큼 붙은 사람의 경우에는 현실에서 계속 운동을 하더라도 스피어 내에서 변화되는 힘의 수치가 적었다. 인체에 구성될 수 있는 근육의 총량에는 한계가 있기 때문이다.

하지만 근육 하나 없는 약골이던 사람이 열심히 운동을 했을 경우, 스피어 내에서 변화되는 힘의 수치가 상당했다. 즉, 개개인이 가지고 있는 신체적인 특성이 스피어에 반영되고 있었던 것이다.

대표적인 것이 쌍둥이 형제와의 차이였다. 스탯에 대한 정보를 공유하던 동원은 자신이 쌍둥이 형제들에 비해 힘과 민첩성 수치에서 앞서고, 쌍둥이 형제들은 자신보다 물리 방어력에 있어 훨씬 앞선다는 것을 알 수 있었다.

모두가 획일화된 스탯으로 정렬되어 있는 것이 아니라, 각자의 특성에 맞게 편차가 있었던 것이다.

스탯 중 투지라는 것이 있었다.

투지(鬪志), 말 그대로 전투에 대한 의지를 말하는 것이었는데 동원 같은 경우는 복서의 생활을 오래했고, 타격을 주고받는 것에 익숙했던 만큼 물리적인 타격에 대한 두려움이 분명 일반인보다는 적었다. 그러다 보니 이유리와 한 번 투지 스탯에 관한 차이를 이야기하다가, 그녀와 자신 사이에 큰 차이가 있음을 알게 되었던 것이다.

이유리는 어쨌든 격투가는 아니기에 접근전에 대한 두려움이 있었다. 그래서 동원과 투지 스탯에서는 차이가 상당하게 났다. 이것 역시 현실에서 끊임없이 두려움에 대한 마인드 컨트롤을 하는 것으로 변화를 줄 수 있는 듯싶었지만, 이런 식으로 스피어는 스피어러의 상태에 맞게 수치화한 데이터를 가지고 있었다.

"후아, 이 시간에 연락이라니 좀 의외네."

"휴식기라서요."

이유리를 만나러 나온 동원의 복장은 트레이닝 복에 대충 오리털 점퍼를 걸친 모습이었다. 그래도 이성과의 만남이니 신경을 써볼 만도 했지만, 동원은 만약을 대비해 심플 슈트의 변화 형태인 이 옷을 항상 입고 있었다. 일은 언제 어디서 어떻게 벌어질지 모르니까. 대비할 필요가 있다고 여긴 것이다.

두 사람은 동원의 집 주변에 있는 카페로 향했다.

새벽 2시까지 하는 카페인 만큼 이야기를 나누기에는 충분한 곳이었다. 그날 이후, 동원은 이유리와 이렇게 종종 만나 이야기를 나누었다.

이야기의 대부분은 스피어에 관한 것이었다. 물론 점점 가까워지면서 서로의 과거나 해왔던 일들에 대한 이야기도 하곤 했지만, 그래도 화두는 스피어였다.

그녀는 자신이 스피어러라는 사실을 철저히 비밀에 붙이고 있었다. 여전히 양궁 국가대표로서 활약하고 있고, 아직 그 꿈이 남아 있었기 때문이다. 그녀는 자신과 단체 퀘스트를 함께했던 사람들이 자신을 만났었다는 사실을 알리지 않을까 걱정했지만, 어느 누구도 공개적으로 말을 꺼낸 사람은 없었다. 특집에 출연했던 최학성도 김창식에 대한 이야기만 줄곧 했을 뿐 이유리에 대한 말은 하지 않았다. 그것은 어떤 암묵적인 배려였으리라.

"집에 갈 때는 택시 타려고?"

"버스는 끊기니까 그래야죠."

동원의 물음에 이유리가 연기가 모락모락 피어오르는 아메리카노 한 모금을 쭉 들이켜며 답했다. 동원과 이유리의 집 사이의 거리는 20분 정도의 거리로 가까웠다. 물론 선수촌 생활을 다시 시작하게 되면 멀어지겠지만, 지금은 아니었다.

그날 연락처를 교환한 후, 연락을 나누면서 만나다 보니 서로의 집이 가깝다는 사실을 알게 된 것이다. 동원이 말을 놓게 된 것은 현실에서 처음 만났을 때, 이유리의 요청 때문이었다. 오빠니까 말을 편히 하라고 했고, 그래서 지금은 편하게 그녀를 대하는 중이었다.

"오늘 E랭크가 됐어."

"축하드려요. 저는 오늘로 D랭크가 됐어요."

"오, 오늘로? 승급전은?"

"어려웠어요. 슈트만 몇 개를 날렸는지 모르겠어요. 지금도 온몸이 쑤실 정도예요."

이유리가 한숨을 푹 내쉬며 고개를 떨구었다. 동원이 보기에도 이유리는 매우 피곤해 보였다. 스피어에 입장하게 되면 현실에서의 시간은 멈추지만, 그 안에서 겪은 일들에 대한 피로감이나 고통, 기억들은 온전히 보존됐다.

그래서 제3자의 입장에서 스피어러를 볼 일이 생긴다면, 어느 순간 갑자기 피곤함에 찌들어 있는 상대를 보는 일이 종종 생길 수 있었다. 제3자의 입장에서는 눈 깜빡할 시간의 흐름이지만, 그사이에 스피어러는 몇 시간 이상을 투자해야 하는 퀘스트를 완료하고 돌아오기 때문이다.

"일치하지는 않겠지만 어떤 퀘스트였는지 나중에 꼭 정리해서 말해줘. 지금까지 계속 정보 교환을 해왔던 것처럼."

"그래요. 저도 이제 D랭크까지 올렸으니 오빠처럼 하드 모드 준비해 보려구요. 단체 퀘스트가 가장 걱정되지만…
1인분만 확실히 하면 되겠죠."

이유리가 양쪽 어깨를 계속해서 돌렸다. 근육의 피로감
이 풀리지 않은 탓이다.

"무슨 일이야?"

"꼭 일이 있어야 보는 건 아니잖아요?"

"그렇긴 하지만 이 시간에 찾아왔다는 게 평소와는 달라
서 말이야. 나는 무슨 안 좋은 일이라도 있는 게 아닌가 했
어."

"안 좋은 일은 아니에요. 오빠에게는 필요할 만한 정보
죠. 쭉 검색을 해봤는데… D랭크를 달성한 스피어러들은
쉬쉬하는 분위기더라구요. 분명 변화가 있었을 텐데."

"변화?"

"네. 변화가 있었어요. 없던 기술이 생겼거든요. 서브 테
크닉, 그러니까 보조 기술이 생겼어요. D랭크를 달성하면
서 생겼죠."

이유리의 말에 동원의 두 눈빛이 번뜩였다. 보조 기술은
동원도 처음 들어보는 이야기였다. 아직 E랭크의 동원이니
알 수 없는 사실이기도 했다.

"설명해 줄 수 있을까?"

"지금 우리가 쓰고 있는 기술들, 그러니까 T1, T2, T3이

라는 이름으로 명칭이 붙어 있는 기술들은 정해진 기술이
잖아요. 스피어가 알아서 배정해 준 기술."

"그렇지."

동원이 고개를 끄덕였다.

이번에 E랭크가 되면서 동원은 스피어를 이용해 T2 기술
을 개방할 수 있었다. T2 기술은 T1 기술과 달리 1레벨에서
의 투자 비용이 10 스피어였다. 이후 30, 90, 270, 810 이런
식으로 늘어나는 구조였는데 동원은 개방과 동시에 4레벨
까지의 투자를 마친 상태였다.

T2 기술은 공격 기술인 T1, 즉 카운터와 달리 방어형 기
술이었다. 데미지 감소와 관련된 기술이었는데, 동원에게
는 가려운 곳을 긁어주는 기술이기도 했다.

[T2(별도 이름 설정 가능) : 사용 즉시, 2초간 상대방의 공격으로 인
해 발생한 데미지를 20%(+7 × T2 레벨) 감소시킵니다. 재사용을 위한
대기 시간은 20초(-1.5 × T2레벨)입니다.]

동원이 기억하는 T2 기술의 계수 공식이었다. 마스터 레
벨, 즉 10레벨을 달성하면 2초간 90% 감소된 수치의 데미
지를 받게 되고, 3초 후에는 다시 이 기술을 쓸 수 있게 되
는 것이다.

물론 마스터 레벨이 되려면 어마어마한 스피어가 필요할
것이고, 지금으로서는 요원한 일이었다. 하지만 꾸준히 내

실을 다지고 스피어를 모아간다면 언젠가 이룰 수 있는 일이기도 했다.

"이번에 제게 보조 기술 하나가 생겼어요. 빠르게 걷는 기술이에요. 이동 속도가 빨라진 거죠. 3초 정도의 지속 시간 동안 이동 속도가 평소의 2.5배 정도로 빨라지거든요. 저 같은 경우는 접근을 허용하는 자체가 리스크가 크니까 정말 필요했던 보조 기술이었어요."

"보조 기술이라… 이것 역시도 기본 기술처럼 임의로 주어지는 건가?"

"아닌 것 같아요. 퀘스트를 해오면서 공격하는 것을 제외하면 가장 많이 했던 동작이 이동이었으니까요. 이런 동작이 반복되다 보니 자연스럽게 보조 기술로 형성된 것 같아요."

"소모되는 스피어는 어때?"

"100으로 시작해요. 보조 기술은 총 10개가 있는데, 아직 아홉 칸은 개방이 안 됐어요. 그런데 여기서 두 배 단위로 올라가니까, 그다음은 200, 400, 800 이런 식으로 가요."

"스피어러들이 우스갯소리로 말하는 얘기지만, 정말 포인트를 잡아먹는 괴물들이야. 모아둘 생각을 할 수도 없게 만드니까."

"그러게요."

동원이 입술을 질끈 깨물었다.

보조 기술, 동원에게도 필요한 기술이었다. 이유리의 말에 따르면 T1, T2 식으로 명명되는 기본 기술과 달리, 보조 기술은 ST1, ST2 이런 식으로 명칭이 붙어 있다고 했다.

지금의 동원에게 보조 기술은 아직 요원한 일이기는 했다. 하지만 이미 동원이 전투에서 즐겨 쓰고 있는 테크닉들은 언제든 보조 기술이 되기에 충분한 것들이었다.

꼭 보조 기술로서 포인트 투자를 할 수 없다고 해서, 회피 동작이나 공격 동작, 방어 동작을 취하지 못하는 것은 아니었다.

다만 기대는 됐다. 보조 기술이 생긴다면 기본 기술과 원활하게 연계가 가능할 것이다. 동원은 최근 전투 과정에서 킥을 계속 섞어가며 사용하고 있었다. 두 주먹에만 의지하는 전투 형태로는 난전에서 한계가 있을뿐더러, 하체를 이용한 공격도 쓰임새가 다양했기 때문이다.

"유리는 찬성이나 찬열이처럼 다른 클랜에 들어갈 생각은 없는 모양이네."

"없어요. 다들 거기서 거기라고 생각하거든요. 당장에 가온만 봐도… 답이 나오잖아요. 오빠도 마찬가지 아니에요?"

"지금의 흐름은 클랜에 대한 가입을 강제하는 부분이 있지. 군경이 통제하지 못하는 포탈들에 대해서 가장 먼저 손을 뻗은 게 가온이니까."

"오빠 동네 포탈은 어때요?"

"아직은 그런 통제가 없어. 다만 상주 중인 스피어러들은 좀 돼지. 많은 수는 아니지만."

"가온의 리더, 김혁수라는 사람. 뒷배경이 대단한 사람이잖아요. 이름만 들어도 모두가 아는 기업가 아버지, 할아버지를 둔 사람이기도 하고… 그래서 소문이 돌던데요. 가온이 정부와 커넥션이 있는 클랜이라고. 뒤를 봐준다고 말이에요."

"그럴 수도 있겠지."

이유리의 말에 동원은 무심한 표정으로 고개를 끄덕였다. 스피어가 등장한 초창기만 해도 사람들은 생존에 가장 큰 관심을 가졌고, 그 안에서 어떻게 살아남는지에 대해서만 고민했다.

하지만 시간이 흐르고, 스피어러의 삶에 적응한 사람들이 나타나면서 현실이 바뀌기 시작했다. 이익을 추구하는 집단이 나오기 시작한 것이다.

가온의 사례가 대표적이었다. 포탈과 안개가 생겨난 이후, 정부는 군경을 최대한 동원에 포탈 주변을 통제하기 시작했다. 하지만 그 수에는 한계가 있었다. 전방의 군을 빼낼 수도 없었고, 그렇다고 치안을 유지할 경찰을 전부 포탈 통제에 동원할 수는 없었기 때문이다.

결국 정부는 주요 포탈들은 군경이 직접 통제를 하되, 규모가 작은 포탈들에 대해서는 다수의 클랜에게 통제권을 위임하기 시작했다. 그 통제권 위임을 가장 먼저 받은 것이 가온이었다.

가온은 폭발적으로 스피어러들을 끌어모으면서 다수의 포탈들을 관리하며 그 안에서 튀어나오는 변이체들을 사냥하고 스피어를 챙겼다. 그리고 철저하게 타 클랜, 혹은 가온에 소속되지 않은 스피어러들은 현장에서 배제시켰다. 소위 말하는 독식이 시작된 것이다.

이것을 계기로 클랜들이 우후죽순처럼 생겨났고, 정부에 연줄을 대어 통제권 위임을 받으려는 자들이 생겨났다. 혹은 가온에 연줄을 대어 그 아래에서 떨어지는 콩고물을 챙기려는 단체도 생겼다.

생존에 대한 진지한 고민은 사라지고 클랜 간의 세력 싸움이 한창이었다. 동원은 이런 상황 속에서 클랜이라는 존재 자체에 대한 깊은 환멸을 느끼고 있었다. 모두가 그렇다고 일반화할 수는 없겠지만 말이다. 그럴수록 더 스스로를 채찍질하고 강해지기 위해 노력해야 함을 상기했다.

"근데 그거 알아요? 오빠가 저보다 훨씬 더 모은 스피어

도 많고, 그만큼 투자한 스탯도 많다는 거요. 랭크는 한 단
계가 낮은데."

"랭크는 의미 없어."

동원이 팔목에 채워진 팔찌를 만지작거렸다. 색깔도 맘
에 들고 외관도 괜찮았다. 이런 팔찌를 순식간에 건틀릿으
로 만들 수 있는 기술은 현대 문명에 존재하지 않는다. 스
피어가 가능하게 만든 현실이었다.

동원의 생각은 한결같았다. 랭크의 상승이 가져다주는
이득은 딱 두 가지뿐. 기술을 좀 더 개방하거나, 구매 가능
한 물품의 범위가 늘어나는 것이다.

동원은 내실을 확실하게, 완벽하게 다지고 싶었다. 그리
고 묵묵히 자신의 힘을 키우길 바랐다. 세상 사람들의 주목
을 한 몸에 받고 싶지도 않았다. 인기가 생존에 영향을 주
는 것도 아니다.

"오빠는 얼마만큼 강할 거라고 생각해요?"

이유리의 물음에 동원은 아무런 대답도 하지 않았다.

수많은 스피어러가 자신의 스펙을 공개하고 랭크를 알리
며 자신의 실력을 뽐내고 있었다. 남들과는 다른 특별함,
그 특별한 위치에서도 정점에 이르러 있음을 알렸다.

동원은 보이지 않는 실력자였다. 랭크만 놓고 보면 아직
갈 길이 멀었지만, 중요한 것은 그동안 얼마만큼 많은 스피

어를 얻었고, 보상을 통해 강해졌느냐였다.

쿵쿵쿵쿵! 쿵쿵쿵쿵!

바로 그때.

"살려주세요!"

적막을 깨고 카페 밖에서 들려오는 비명 소리가 있었다. 그리고 바로 카페 앞에서 한 무리의 사람이 모습을 드러냈다. 그들은 무언가에 쫓기는지 비명을 내지르며 달리고 있었다.

"뭘까요?"

"가보자. 아무래도 변이체 하나가 빠져나온 것 같아."

동원이 자리에서 일어섰다. 그러자 이유리도 남아 있던 아메리카노 한 모금을 마저 비우고 따라 일어섰다.

이곳은 포탈 근처다. 사람들이 비명을 지를 만한 일이라면 단 하나밖에 없다.

동원은 지체할 것 없이 밖으로 나섰다. 그리고 어느새 그의 손에는 건틀릿이 형성되어 있었다.

"아니, 두 눈 시퍼렇게 뜨고 포탈 근처에 죽치고 있었으면 이런 놈은 흘리지 말아야 되는 거 아닌가?"

동원이 카페 밖으로 나서자마자 바로 마주친 것은 길거리를 휘젓고 다니고 있는 변이체였다.

"후."

동원의 입에서 한숨이 터져 나왔다. 이번 변이체는 곤충이나 동물이 아닌 사람이었다. 그는 얼마 전, 포탈 근처에 펼쳐진 안개 속에 몸을 던져 자살한 사람이었다.

포탈 주변에 펼쳐진 안개들을 사람들은 지옥의 안개라고 불렀다. 처음에는 안개 속에 들어가면 온몸이 녹아 없어져 죽는 것으로 알려졌지만, 포탈이 생긴 지 사흘 후 서울 스퀘어 앞에서 이대수 기자가 나타남으로써 그 가설은 무너졌다.

그러면서 새로운 사실이 밝혀졌다. 안개 속에 들어간 개체들은 변이 과정을 겪게 되며, 그 과정에서 스스로가 가지고 있던 자아나 기억들은 모두 사라지고 오로지 살인 병기로서 거듭나게 된다는 점이었다.

서울 스퀘어 앞에서 사흘 만에 다시 모습을 드러낸 이대수 기자는 속보를 처음으로 전한 사람이었음에도 불구하고 현장에 이미 자리를 잡고 있던 군인들에 의해 사살당하고 말았다. 더 이상 예전의 그가 아니었기 때문이다.

그 이후, 사람들은 자살의 수단으로 투신이나 목 매기, 연탄 같은 것이 아닌 안개 속으로 뛰어드는 것을 선택하기 시작했다. 자신이 죽었는지도 모르게 편히 목숨을 끊을 수 있다는 소문이 퍼지면서, 자살하는 사람들이 속출했다.

그 때문에 통제는 더욱 심해졌다. 군인과 경찰들은 포탈 주변에 구축해 놓은 경계선 안으로 사람들이 절대 들어오지 못하게 했다. 클랜들도 마찬가지였다. 자신들이 위임받은 구역의 포탈들은 확실하게 지켰다. 아예 주변에 거처를 마련하고 접근불가 팻말을 달았다.

"준비됐어요."

어느새 이유리도 활을 쥔 채, 화살통에서 화살을 꺼낼 준비를 하고 있었다. 그녀도 랭크가 오르면서 동원처럼 형태가 변환되어 휴대가 자유로운 활을 구비할 수 있었던 것이다.

"가자. 괜한 사람들이 휘말려선 안 돼."

동원이 달리기 시작했다. 평소 같았으면 포탈 주변에 상주하는 스피어러들이 처리했어야 할 변이체지만, 어찌된 일인지 저 녀석을 놓친 모양이었다. 그들이 어떤 사명감을 가지고 포탈 근처에 있는 것이 아니었기 때문에, 귀찮음을 느끼고 통과시켰을 가능성도 있었다.

동원은 저놈을 처리하는 대로 포탈로 돌아가 주변에 있었을 스피어러들을 만날 생각이었다. 이런 식이라면 있는 것이 아무런 도움이 되지 않는다.

스스스스슥.

동원이 전력을 다해 질주하는 동안 이유리가 빠르게 동

원의 뒤를 따랐다. 중간중간 그녀가 보조 기술을 쓸 때마다 이동 속도가 눈에 띄게 빨라지며 동원을 빠르게 추월해 나가기도 했다. 하지만 이내 그녀는 다시 속도를 늦추며 동원의 뒤로 포지셔닝을 했고, 적당한 거리를 유지하며 동원이 살피지 못하는 방향에서 튀어나올지도 모르는 만약의 변수를 대비했다.

*   *   *

"어떻게 할까요?"

"공교롭게 됐네. 이쪽은 몬스터들이 거리로 뛰쳐나올 정도로 상주 인원이 적은 거야? 물론 아직도 주인 없는 포탈들이 많기는 하지만… 이래선 곤란한데?"

그 시각.

검은 복장으로 의상을 통일한 한 무리의 사람들이 변이체의 뒤를 쫓고 있는 동원과 이유리를 지켜보고 있었다.

별칭 블랙 헌터(Black Hunter).

사람들은 항상 검은 복색으로 통일된 의상을 입고 다니는 그들을 그렇게 불렀다. 원 클랜명은 팀 원(Team One)이라는 명칭이었지만, 별칭이 더 많이 불려지게 되면서 지금은 이 별칭을 클랜 이름으로 쓰고 있는 단체였다.

블랙 헌터가 동원이 살고 있는 동네에 오게 된 이유는 한 가지. 이곳의 포탈에 대한 통제 위임권을 넘겨받았기 때문이었다. 가온과의 커넥션을 통해서가 아닌, 정부에서 스피어에 관련하여 편성한 실무 부서의 실무자와 정상적인 협의를 거쳐 승인을 받고 관리하게 된 것이다.

새벽을 즈음해서 주변을 정리하고 통제 라인을 구축하려 했던 그들은 때아닌 거리에서의 전투에 시선을 집중하고 있었다.

"리더, 합류할까요?"

"아니, 지켜보자구. 얼마나 실력 발휘들을 하는지."

남자의 말에 옆에 서 있던 여자가 고개를 저었다.

그녀의 이름은 서희, 블랙 헌터의 리더였다. 클랜의 리더가 여성인 일은 더 이상 드문 일이 아니었다. Top 10에 드는 클랜인 팀 헤라(Team Hera)의 리더 신유나, 로즈마리(Rosemary)의 리더 이세경은 대표적인 여성 스피어러들이었다.

블랙 헌터는 Top 10에 들 정도까지 규모가 큰 클랜은 아니었지만, 이름이 워낙에 많은 사람들에게 알려져 인지도가 높은 클랜이었다. 소수 정예로, 구성원 하나하나가 실력 있는 사람들이라 평판이 좋았다.

"어디 소속일까요?"

"소속이 없을 수도 있어. 저 여자는 보니까 활을 쓰는 사람인 것 같은데. 저 남자는 건틀릿 같은 것을 착용한 것 같고 말이야."

"그래 보입니다."

"신기하네. 보통은 검을 많이 생각할 텐데. 하다못해 너희들만 해도 죄다 검이잖아? 특색 없게."

"같은 검이어도 누가 잡느냐에 따라 달라지는 겁니다, 리더. 다른 나부랭이들과 비교하는 건 모욕이죠."

서희의 옆에서 계속 대화를 나누고 있는 붉은 스포츠머리의 남자. 그의 오른손에는 장검이 쥐어져 있었다. 스피어 내에서 얼마 전 구입한 이 검 역시, 동원의 건틀릿이나 이유리의 활처럼 평소에는 작은 각목 같은 형태로 변형시켜 휴대할 수 있는 물건이었다.

"그렇지? 우리 규현이가 다른 애들과 똑같다고 말하면 섭섭한 이야기겠지?"

"두말하면 잔소리죠."

남자, 규현이 고개를 끄덕였다. 그의 뒤로 늘어서 있는 다른 일곱 명의 동료도 같은 반응이었다.

"재밌을 것 같아, 한 번 보자."

서희가 여유로이 팔짱을 꼈다.

저들이 실력 없는 스피어러이거나 이제 막 스피어러가

된 자들이라면 죽을 수도 있다. 포탈이 생기던 그날 스피어에 링크된 사람들도 있었지만, 아닌 경우도 있었다. 이유는 간단했다. 사람들이 스피어에서 살아남지 못해 죽음을 맞이하게 되면서, 그 빈자리에 스피어러들이 새로이 채워진 것이다.

지금도 많은 사람들이 스피어 안에서 죽어가고 있었고, 매일 그들의 빈자리는 다른 사람들로 채워지고 있다. 저들은 새내기일 수도 있고 첫날의 멤버, 그러니까 스타팅 멤버일 수도 있었다.

"이 동네 사람이면 자주 부딪힐지도 모르겠네요."

"그러게."

규현의 말에 서희의 눈빛이 또 한 번 반짝였다.

*   *   *

"슈트 상태는?"

"괜찮아요. 특성 남아 있어요."

"좋아, 일단 내가 붙는다."

변이체와의 거리가 가까워졌다. 사람의 모습을 한 변이체는 눈에 익은 얼굴을 가지고 있었다. 새벽에 동원이 일터에서 퇴근할 무렵에 심심찮게 보았던 할아버지였기 때문이다.

이름이나 사는 곳은 알지 못했지만, 매일 동이 트기 전에 주택가를 돌아다니며 폐지를 수거하는 것은 알고 있었다. 그래서 가끔 동원은 자신의 집에 모아놓은 폐지들을 그에게 전해주곤 했었다.

그는 외로운 사람이었다. 자식은 많았지만 그 어느 누구도 부양하려 하지 않았고, 사회적으로 이슈가 되고 있는 독거노인의 삶을 살다가 결국 자신의 처지를 비관하고 안개에 뛰어들어 목숨을 끊었다.

그런 그가 변이체가 되어 나타난 것이다. 피골이 상접한 얼굴은 보랏빛 피부로 변해 있었고, 양손은 피부가 녹아 없어진 채 하얀 뼈가 그대로 드러나 있었는데 예기를 가득 머금고 있었다. 뭉뚝한 뼈가 아니라 날카롭게 변형된 형태였던 것이다.

원래의 몸이었다면 저 정도 속도로 달리는 것이 불가능했겠지만, 변이된 몸의 신체 능력은 몸이 버텨낼 수 있는 한계를 뛰어넘고 있었다. 오랜 기간을 노인의 몸으로 버틸 수는 없겠지만 가만두었다가는 희생자가 발생할 가능성이 있었다.

"하앗!"

동원이 기합을 내지르며, 앞에 놓여 있던 쓰레기통을 발판 삼아 담벼락을 밟은 뒤 몸을 날려 노인, 아니 변이체에게로 붙었다.

크와아아아! 우갓, 샤랏, 갓!

사람들을 쫓던 변이체는 동원이 옆에서 나타나자, 동원에게로 시선을 돌렸다. 그리고 무어라 소리쳤다. 동원은 알아들을 수 없는 정체불명의 언어였다.

스피어러들은 인간 변이체들이 저렇게 내뱉는 소리를 포탈과 연계된 외계 문명의 언어라고 생각하고 있었다. 하지만 어떤 뜻인지는 아직 알 수 없었고, 알아낼 방법도 현재는 존재하지 않았다.

휘릭, 퍽!

케엑!

동원이 내뻗은 주먹이 순식간에 변이체의 얼굴 한가운데를 그대로 강타했다. 갑작스럽게 전개된 동원의 공격을 막아낼 새도 없이, 변이체는 안면으로 건틀릿에 가득 실린 동원의 힘을 받아냈다.

끼리릭!

그러는 사이 이유리가 동원의 대각선 뒤에서 각을 잡았다. 그리고 활시위를 당겼다. 이내 팽팽해진 활시위가 언제든 화살을 토해낼 준비를 마쳤다.

으갓!

티잉!

"음, 허당은 아니군."

동원의 일격에 열이 올랐는지 변이체가 팔을 뻗어 동원을 공격해 왔다. 동원은 양팔을 모아 공격을 막아내는 한편, 동시에 T2 기술을 발동시켜 몸에 전해지는 충격량을 감소시켰다.

덕분에 반격이 한결 수월해졌다. 보통 같았으면 몸이 살짝 밀려났을 공격이었지만 중심을 유지할 수 있었고, 동원은 그 상태로 오른쪽 다리를 이용해 몸 전체에서 상대적으로 부실한 부위인 하체를 그대로 걷어찼다. 로우 킥(Low Kick)이었다.

쿠악!

신체 능력이 상승하긴 했어도 몸 자체는 노인의 것이었다. 동원의 기습적인 하체 공략에 변이체가 중심을 잃고 비틀거리기 시작했다.

바로 그때.

핑!

이유리의 활시위를 떠난 화살이 빠른 속도로 날아들었다. 동원의 T2 기술이 피해량 감소였다면, 이유리의 T2 기술은 화살 공격의 관통력을 대폭 향상시키는 것이었다. 즉, 평소보다 강한 힘이 실린 일격을 가능케 했던 것이다.

파삭!

크에에에에엑!

변이체가 비명을 토해냈다. 변이체의 오른쪽 눈을 관통한 화살은 뒤통수를 뚫고 화살촉이 나와 있었다. 목숨이 끊어지진 않았지만, 시야가 급격히 좁아진 변이체는 동원과 이유리 사이에서 방향성을 잃고 머뭇거리기 시작했다.

"간다."

거리를 재고 있던 동원이 자세를 숙이며 빠르게 변이체에게로 쇄도했다. 놈이 허공에 손을 휘젓는 것을 회피 조건으로 이용해 카운터를 먹일 생각이었다. 생각보다 간단한 녀석이었다. 왜 이런 놈을 상주하고 있던 스피어러들은 놓친 것일까?

캬아아아아아악! 퉤엣!

"…젠장!"

바로 그때.

변이체에게로 쇄도해 들어가던 동원은 예상치도 못하게 연출된 의외의 상황에 황급히 몸을 숙였다. 변이체가 갑자기 입에서 보랏빛의 액체를 토해낸 것이다.

그것은 아슬아슬하게 동원의 목 옆을 스치고 지나갔고, 살짝 닿은 옷깃을 단번에 녹여 버렸다. 그리고 동원의 뒤쪽 지면으로 떨어진 변이체의 타액은 아스팔트 지면을 순식간에 녹여 버렸다.

"……."

동원이 숨을 죽였다.

불과 어제까지만 해도 이런 능력을 가진 변이체들은 없었다.

산성액을 경험했던 것은 단체 퀘스트에서의 데스 웜이 전부였다. 하지만 지금 동원이 상대하고 있는 개체는 매우 살상력이 강한 산성액을 내뱉고 있었던 것이다.

하지만 위협적인 것은 산성액이 전부였다.

변이체의 움직임 자체는 동원의 시야 안에서 모두 보였다. 동원이 복서로서 갈고닦은 동체 시력은 수치화할 수 없는 것이었지만, 아주 귀중한 자산이었다.

동원이 방금 전의 산성 타액을 피한 것도 이 동체 시력 덕분이었다.

동체 시력은 선천적으로 타고 나는 부분도 있지만, 후천적으로도 얼마든지 키울 수 있는 것. 동원은 양쪽 모두에 해당됐기 때문에 남들보다 확연하게 드러날 정도로 반응이 빨랐다.

그리고 스피어러로서의 삶을 살면서 더욱 정교해졌다. 이는 드러나지 않는 동원의 장점이기도 했다.

퍼억! 퍼억!

다시금 달려든 동원이 변이체의 얼굴을 집중적으로 공략했다. 이미 한쪽 눈을 잃어버린 녀석은 어떻게든 입을 벌려, 자신의 가장 강력한 무기를 사용하려고 했다.

동원은 그 틈을 주지 않았다. 집요하다 싶을 정도로 변이체의 얼굴, 그중에서도 입을 집중적으로 공략했다. 동원의 어퍼컷이 계속해서 변이체의 턱 아래에 작렬했고, 그때마다 변이체는 고통에 찬 신음을 토해내며 몸을 부르르 떨었다.

쉬리리릭, 푹!

키야!

"좋아."

그사이 날아든 이유리의 화살 한 대가 남은 눈 하나를 마저 꿰뚫었다. 이제 녀석은 앞이 보이지 않는 장님 신세가 됐다. 길게 시간을 끌 이유가 없었다. 동원은 변이체가 공격을 이어가길 기다렸다.

이윽고 변이체가 휘두른 눈먼 팔 공격이 동원의 복부를 향해 날아들어 동원이 가볍게 몸을 움직이며 회피 동작을 취했다.

카운터 발동 조건이 되자 직관적으로 머릿속에서 시전 가능한 카운터 기술이 활성화됐다.

동원은 다른 곳을 노리지 않았다. 기술 요건이 발동되자마자 동원은 매섭게 변이체의 왼쪽 가슴, 심장이 있을 그곳을 단번에 노렸다.

시이이잉.

그 순간, 건틀릿의 손등 쪽이 날카롭게 변했다. 과거에 사용했던 기본 너클처럼 손가락 마디 부분에 뾰족하게 튀어나온 철심 같은 것이 생겨난 것이다. 평소에는 기본 상태를 유지하다가 본인이 필요로 할 때 형성시킬 수 있는 구조였다.

푸우욱!

쿠웩!

동원이 뻗은 주먹이 전광석화와도 같이 변이체의 가슴팍을 꿰뚫었다. 평범한 일격이 아니었다. 스킬 레벨에 따라 12.5배가 강화된 공격이었다.

기존의 기본 너클은 동원의 힘을 계수로 이용해 변환된 공격력에만 의지했지만, 이 건틀릿은 자체적으로도 공격력을 상승시켜 주는 물품이었다.

그리고 방금 전처럼 피니쉬(Finish)를 위한 순간적인 변형도 가능했다.

쿠웩… 켁, 케엑…….

뚝. 뚜뚝. 뚝. 주르르르륵.

"……."

변이체가 자신의 가슴팍을 움켜쥔 채, 갈피를 잡지 못하고 비틀거렸다.

동원의 건틀릿은 변이체의 왼쪽 가슴팍 깊숙이 박혀 있었다. 동원이 천천히 건틀릿을 빼내기 시작하자, 가슴에 생긴 상처를 비집고 보랏빛 피가 몇 방울 떨어져 내리다가 이내 주르륵 쏟아져 내렸다.

쉬이이이익, 빠악!

확인 사살. 동원은 힘을 잃고 앞으로 고꾸라지려고 하는 변이체의 얼굴을 다시 한 번 후려쳤다. 힘이 가득 실린 라이트 펀치였다.

무지막지한 힘이 담긴 일격에 변이체의 목은 반쯤 돌아가다 시피 꺾였고, 돌아간 목은 원래 자리로 돌아오지 않았다.

쿠웅!

그제야 숨통이 끊긴 변이체가 쓰러졌다. 그리고 빠르게 산화해 가며 그 자리에 늘 그랬듯이 스피어를 만들어냈다.

1주일 전부터 드랍되는 스피어의 단위가 달라지기 시작했다.

기존에는 0.5 스피어로 환산되는 작은 스피어가 만들어졌었다.

즉, 변이체가 1스피어를 드랍했다면 0.5의 값어치를 하는 스피어 두 개가 만들어졌다는 뜻이다.

하지만 1주일 전부터는 이것이 2스피어로 바뀌었다. 크기도 이에 알맞게 커졌다. 이전의 4배까지는 아니었고, 약 2배 정도의 크기였다.

노인 변이체는 총 네 개의 스피어를 드랍했다. 8스피어였다.

상대하기 어려운 개체는 아니었지만 변수가 있었다. 동원이 만약 방심을 했거나 반응이 느렸다면 슈트의 특성을 그 자리에서 잃어버렸을 것이다.

그렇게 되면 5스피어의 손해가 되고, 결과적으로 정산에서 1스피어의 손해로 끝나게 된다. 순간적인 반응이 좋았던 덕분에 갑작스런 상황에서도 소득을 취할 수 있었던 동원이었다.

"자, 받아."

동원이 수거한 스피어 네 개 중 두 개를 이유리에게 내밀었다.

그녀와 자신은 이렇게 줄곧 호흡을 맞춰오곤 했었다. 전문적으로 스피어를 모을 요량으로 움직였던 것은 아니지만, 동원이 살고 있는 이쪽 동네에는 종종 스피어러들의 감시망을 피해 빠져나오는 변이체들이 꽤 많았던 것이다.

그러다 보니 이런 상황을 종종 마주치게 됐고 그때마다

이유리와 방금 전과 같은 팀플레이를 펼쳤다.

서로가 전혀 다른 스타일의 공격 방식을 가지고 있었고, 또 서로의 공격 성향에 대해 잘 알고 있어 호흡을 맞추는 것은 어렵지 않았다.

방금 전에도 이유리는 동원이 좀 더 수월하게 공격을 펼칠 수 있도록 예리하게 변이체의 눈을 노렸다.

그녀의 양궁 솜씨야 국가가 알아주고, 세계가 알아주는 것인 만큼 동원에게는 큰 축복이기도 했다.

동원도 항상 이유리에게 말하곤 했었다. 우연을 계기고 알게 된 인연이지만 이유리를 알게 되어 정말 다행이라고 말이다.

그것은 진심이었다.

쌍둥이 형제와는 또 다르게 자신의 빈틈을 채워주는 좋은 사람이었다.

이유리도 동원의 존재가 든든하다고 했다. 이것은 이성으로서의 감정이 담긴 표현이 아니라, 같은 스피어러로서 느끼는 동질감이자 만족스러움이기도 했다.

"괜찮아요, 오빠 가져요. 화살 몇 대 쏜 거 말고는 한 것도 없는데……."

이유리가 어느새 활과 화살통의 모습을 감춘 채, 주머니 속에서 손수건을 꺼내어 양손을 닦고 있었다.

긴박하게 돌아갔던 상황 탓인지 손에 마시던 아메리카노가 묻어 있었던 것이다.

"무슨 소리 하는 거야? 이것만큼은 양보가 미덕이 아냐."

동원은 이유리의 말에 고개를 저으며, 스피어 두 개를 휙 던졌다.

마다했던 그녀지만 동원이 무심하게 스피어를 던져 버리니 받지 않을 수도 없었다. 그렇다고 버리고 갈 수는 없으니까.

이 스피어를 버리면, 길바닥에 400만 원을 버리고 가는 것이나 다름없다.

"오빠는 참 철저한 것 같아요. 보통 이렇게 권하면 은근슬쩍 가져갈 법도 한데. 난 정말 괜찮았거든요. 이번만큼은 오빠가 메인이었으니까."

"그런 것 없어. 같이 움직였으면, 같이 분배하는 거야."

"그런데 왜 지난번에는 거절했어요?"

이유리가 1주일 전의 기억을 떠올렸다. 그때도 이렇게 변이체 곤충 하나가 나온 적이 있었다.

고공비행을 하는 녀석이라 동원이 쉽게 손을 쓸 수 없었고, 동원이 한쪽으로 몰아가는 몰이꾼 역할을 하면서 이유리가 메인이 되어 공격을 했었다.

그때도 이렇게 스피어 드랍이 있었고, 이유리는 고생한

동원에게 절반의 스피어를 주겠다고 했었다. 동원이 말한 것처럼 함께였기 때문이다.

하지만 그때, 동원은 자신은 아무것도 한 것이 없다며 몇 번이고 거절했었다.

결과는 일대일 분배로 끝이 나긴 했지만, 그때 동원이 얼마나 완곡하게 계속 거절을 했었는지는 당사자인 이유리가 너무나도 잘 알고 있었다.

이유리가 볼 때, 동원은 냉정하고도 날카로운 승부사 기질이 있으면서도 동시에 자기 자신과 연관된 사람은 남들보다 더 따뜻하게, 그리고 많이 챙겨주고 싶어 하는 사람이었다.

자신뿐만이 아니라, 매일 같이 연락을 주고받고 있는 쌍둥이 형제와의 관계도 그러했다.

동원은 매일 자정 무렵 쌍둥이 형제에게 전화를 걸어 안부와 그날에 있었던 일들을 묻곤 했다.

그리고 다친 곳은 없는지, 이번에 새로 합류하게 된 클랜은 어떤지 묻곤 했다.

하지만 이유리 자신에 대해서만큼은 먼저 연락을 잘 하지는 않았다. 의도적인 밀고 당기기일까? 아니면 괜한 호감 표시가 될 것 같아 자제하는 것일까?

맨 처음 두 사람이 만났을 때를 제외하면 그 뒤의 연락은 항상 이유리가 먼저하곤 했었다. 아주 자연스럽게.

오늘은 아예 자신이 직접 동원의 집 앞까지 찾아와 연락을 하지 않았던가.

'뭘까……?'

이유리가 자기 자신에게 되물었다.

도대체 뭘까, 이 감정은. 꼭 내가 너무 좋아해서 따라다니는 것 같잖아.

그런데 그게 뭐가 나빠? 사실 그날부터 줄곧 마음에 들어했던 것은 사실이잖아? 마음이 있으면 표현해야지, 숨기는 게 전부가 아니야.

이유리는 아무도 듣지 못할 자기 자신만의 생각을 머릿속으로 떠올렸다.

언제부터인가 동원에 대한 호감이 좀 더 깊어진 것 같았다. 이런 한밤중에도 보고 싶다는 생각 하나만으로 찾아오게 되었을 만큼.

하지만 동원은 이런 자신의 마음을 아는지 모르는지, 무심하게 남쪽에 위치한 포탈 방향을 손으로 가리키고 있었다.

"포탈 쪽으로 가보자. 희생자가 발생했을 수도 있고, 또 변이체가 감시망을 뚫고 나올지도 몰라. 어떤 상황인지 확인해 봐야 해."

"그래요."

성큼성큼 앞서 나가는 동원의 뒤를 이유리가 따랐다.

그리고 두 사람은 아직 모르고 있었지만, 저 멀리서 두 사람을 지켜보던 한 무리의 인원도 포탈 쪽으로 이동하기 시작했다.

좋은 구경이 끝났으니까 이제 본래의 일에 충실할 차례였다.

제3장
이상한 인연

"상황이 이렇게 된 거였나."

"…윽."

포탈 앞에 도착한 동원은 생각보다 많이 좋지 않은 현장의 모습에 인상을 찌푸렸다. 이유리도 속 깊은 곳에서 치밀어 오르는 역함에 신음을 토해냈다.

그 즈음 해서 경찰차의 사이렌 소리도 들렸다. 소리는 점점 가까워지고 있었다.

아마도 이쪽으로 오고 있을 터다. 변이체가 거리에 나타나면서 위협을 느낀 시민 중 누군가의 신고 때문에 출동이 생각보다 빨랐던 것 같았다.

　이걸 좋아해야 하는 걸까, 말아야 하는 걸까. 현장에는 주인 없는 스피어가 널브러져 있었다. 스피어가 드랍된 것을 보면 나타났던 변이체는 죽은 것 같았다.

　그중에 죽지 않은 녀석이 현장을 빠져나와 거리에 나타난 것이고, 그것이 자신이 상대했던 노인 변이체였던 것 같아 보였다.

　문제는 변이체가 죽고 남긴 스피어가 보일 뿐만 아니라, 스피어러들의 시체도 다수 보였던 것이다. 동원이 기억하고 있는 이곳의 기존 상주 스피어러들은 총 다섯이었다. 주변에 텐트를 치고 생활하거나, 작은 원룸을 구해놓고 매일 밤낮을 지새우던 사람들이었다.

　보통 변이체들에게 공격을 당한 일반인이나 스피어러들의 시체는 온전치 않은 경우가 많았지만, 이번의 경우는 더더욱 심했다. 산성 타액 때문이었을 것이다.

　시체는 총 네 구가 있었다. 한 사람은 어디로 갔는지 보이지 않았다. 완벽하게 24시간을 상주하는 것은 아니기 때문에 개인적인 일로 자리를 비웠을 수도 있다.

　네 구의 시체는 저마다 신체의 여러 부위가 떨어져 나가 있었다. 얼굴이 없는 것도 있었고, 허리가 반쯤 잘려 나간 것도 있었다.

그중에서 가장 참혹한 것은 몸의 전면이 전부 싹 녹아내린 스피어러의 시신이었다.

한두 차례 산성 타액 공격을 받은 것이 아닌 듯했다. 저 정도라면 동원이나 이유리처럼 슈트를 갖춰 입은 게 아니라, 그냥 맨몸으로 싸우다가 비명횡사했을 가능성이 커 보였다. 도대체 무슨 배짱으로 그런 선택을 한 것일까?

"저건 어떻게 할까요?"

이유리가 가리킨 것은 주인 없는 스피어들이었다.

이미 상황은 종료됐다. 변수를 예상하지 못했던 스피어러들은 모두 목숨을 잃었고, 불로소득(不勞所得) 격으로 그들이 전투를 통해 제거한 변이체들이 남긴 스피어를 취할 기회가 생겼다.

고인이 되어버린 스피어러들에 대한 안타까움은 있었지만, 그런 감정이 지금과 그 이후를 대비하는 데에는 아무런 도움이 되지 않는다.

동원은 싸늘하게 식어버린 시신들을 보며 잠시 묵념의 시간을 갖고는 그들에 대한 기억을 빠르게 털어냈다.

"회수하자."

동원이 앞장섰다.

이미 경찰들이 출동한 마당에 시신의 몸속까지 뒤져 스피어를 찾을 생각은 없었다. 이는 법으로도 규정된 것으로,

유죄 처분을 받을 수 있는 부분이기도 했다. 정부는 스피어러 희생자가 현실에서 발생했을 경우, 절대 시신에 손을 대지 않고 경찰서에 신고하도록 했다.

즉, 사망자의 몸을 함부로 뒤져 그들이 모아두고 있었을 스피어를 강탈하지 말라는 것이었다.

이는 정부에 귀속되는 것이며, 정해진 부분에 알맞게 쓰일 것이라고 했다. 물론 그 값어치에 맞는 보상이 관련하여 희생된 스피어러의 유족들에게 전해진다.

이 때문에 스피어러의 희생에 관해 신고가 들어오면, 각 경찰서에서도 스피어에 관련된 전담 팀이 직접 출동했다. 물론 그들은 경찰의 신분을 가지고 있는 정부의 스피어러들이었다. 그래야 스피어 회수가 가능하기 때문이다.

하지만 이를 지키는 스피어러들은 많지 않았다.

희생자가 발생하면 가장 먼저 그 사람의 몸을 뒤져 쓸 만한 무기들이나 아직 변환되지 않은 스피어를 챙겼다. 그리고 전담 팀이 도착하기 전에 현장을 떠났다.

어찌 보면 전담 팀의 스피어러들에게는 이것이 불로소득이었기 때문이다. 스피어러들의 대다수가 이를 불합리하다 여겼고, 심심치 않게 법을 어겼다.

하지만 이번에는 공교롭게도 그럴만한 상황이 되지 않았다. 그래서 동원과 이유리는 길바닥에 버려져 있는 것이나 다름없게 된 스피어만 회수하기 위해 움직였다.

"잠깐, 두 사람. 멈추는 게 어때요? 오늘 자정을 기점으로 이 포탈은 우리가 통제하게 됐거든요."

"……."

바로 그때.

등 뒤에서 들려온 앙칼진 여인의 목소리에 동원과 이유리는 움직임을 멈췄다.

"회수해. 내가 얘기할 테니까."

"어이, 형씨. 뭔데 회수하라고 하는 거야? 지금 말 못 들었어? 멈추라고 했잖아."

"오빠."

"신경 쓸 것 없어."

동원이 이유리를 보며, 떨어진 스피어들을 가리켰다. 잠시 머뭇거리던 이유리는 동원의 말대로 스피어를 줍기 시작했다.

그러는 동안 동원은 목소리가 들려왔던 방향으로 발길을 돌렸다.

그곳에는 검은 복색으로 의상을 통일한 여자 한 명과 남자 일곱이 자리하고 있었다.

그 무리들 중에서 중심에 서 있는 사람이 여자였는데, 그녀가 리더인 것 같아 보였다. 그리고 바로 옆에 붙어 있는 남자, 바로 그 남자가 동원에게 형씨라고 말을 건 인물이었다.

"뭔데 신경 쓸 게 없다는 거야? 리더 말 못 들었어? 여기는 우리가 통제하게 됐다고."

동원의 무심한 반응에 규현이 언성을 높였다. 싸그리 무시하는 느낌.

규현이 동원에게서 느낀 감정이었다.

"통제가 무슨 말인지는 나도 알아. 하지만 이 스피어는 당신들이 오기 전에 우리가 먼저 발견했고, 우리가 가져가는 데에는 전혀 문제가 없어."

"자정 이후로 통제 위임권을 받았다니까. 이건 자정 이후에 나온 스피어일 텐데?"

동원의 말에 규현이 지지 않고 맞섰다. 서희는 팔짱을 낀 채, 조용히 규현과 동원의 대화를 지켜봤다. 그녀의 입가에는 계속 미소가 걸려 있었다. 규현의 말에 따라오는 동원의 반응을 즐기는 눈치였다.

"그래서 이렇게 희생자들을 발생시킨 건가? 통제를 잘해서 말이야."

"뭐야? 지금 너 뭐라고 했냐?"

"초면에 말이 좀 거칠군. 지금 너, 아니 너희 클랜이 얼마나 부끄러워할 상황인지 모르는 건가? 이 변이체들은 자정이 지나서 나온 것들이야. 통제 위임권을 받았으면 그에 걸맞는 역량을 보여줘야 하는 것 아닌가? 너희들의 부재로 스피어러 넷이 비명횡사했어. 엎드려 사죄해도 모자랄 판이란 말이다."

동원의 말에는 가시가 잔뜩 박혀 있었다.

동원은 그들의 이기심을 꾸짖었다.

통제, 동원도 익히 아는 것이었다.

분명 개개인 단위로 뭉쳐 포탈을 관리하는 것보다는 이렇게 클랜 단위로 움직이면서 관리 감독을 하는 것이 더욱 안전할 것이다.

개개인 단위로 뭉친 스피어러들은 자의로 자리를 비울 수 있었고 경우에 따라선 큰 빈틈이 생길 가능성이 있었다. 하지만 클랜들은 통제 위임권을 받은 이상, 반드시 자신들의 몫을 해내야만 한다.

자신들이 통제하고 있는 포탈에서 변이체들이 빠져나와 시가지로 진입했다는 소문이 퍼지면 바로 위임권을 박탈당하기 때문이다. 그래서 안전한 환경을 조성해 줄 수 없는 소규모의 클랜은 블랙 헌터처럼 포탈 관리를 하는 것이 불가능했다.

"그게 왜 우리 잘못이지?"

규현의 옆에 있던 남자가 거들고 나섰다. 서희는 여전히 말이 없었다.

"그럼 누구의 잘못이지? 당신네들 클랜이 관리하게 된 곳에서 희생자가 발생했는데, 당신네들 잘못이 아니라면."

"우리 잘못은 아니지. 우린 방금 도착했거든."

"당신, 당신이 리더입니까?"

동원이 시선을 서희에게로 돌렸다. 대화가 통하지 않는 느낌 때문이었다.

리더라는 여자도 그 나물에 그 밥인 걸까. 동원은 대화를 이어나갔다. 다만 그녀가 자신에게 존대를 한 만큼, 그에 맞게 말을 맞춰주었다. 규현에게는 그럴 필요를 느끼지 못해 말을 낮췄을 뿐이다.

"맞아요."

"당신의 생각이 이 사람들 생각입니까?"

동원의 물음에 일순간 수하들의 목소리가 잠잠해졌다. 서희는 씨익 웃으며 팔짱을 좀 더 깊게 꼈다. 그리고 천천히 고개를 저으며 답했다.

"아니에요. 지금까지의 말은 이 아이들의 생각이라고 해두죠. 우선 인사부터 하죠. 우린 블랙 헌터 클랜의 사람들이에요. 저는 리더 서희예요. 반가워요."

"……."

서희가 살짝 앞으로 나서며 동원에게 손을 뻗었다. 하지만 동원은 악수를 하는 대신 서희를 매섭게 노려보았다. 동원의 두 눈에는 당장에라도 모든 것을 피로 물들일 것만 같은 살기가 짙게 묻어나고 있었다.

"당신의 생각은 뭐죠?"

동원이 되물었다. 이것만큼은 반드시 짚고 넘어갈 생각이었다. 통제 위임권은 정부에서 보장해 주는 것인 만큼, 동원의 마음대로 변경할 수는 없었다.

즉, 이들이 마음에 들지 않더라도 앞으로 포탈의 안전을 맡기기는 해야 한다는 것이다.

그렇다면 믿을 만한 놈들인지, 아니면 어중이떠중이들이 뭉친 것인지는 파악을 해둬야 했다. 부하로 보이는 놈들이 지껄인 말들은 헛소리였고, 생각 없는 말들이었다. 리더까지 같은 처지라면 얘기는 복잡해진다.

"사과드릴게요. 생각이 짧았어요. 제시간부터 통제를 완벽하게 하지 못한 우리의 책임이에요. 부정할 수 없는 사실이죠. 그 스피어는 알아서 하도록 하세요, 우리에겐 아무런 권한도 없는 거니까."

서희의 말이 이어지자, 움직임이 다소 소극적으로 변했었던 이유리가 다시 스피어를 주워 담았다.

그녀가 챙겨 온 가방 안에는 스피어 여덟 개가 채워졌다.

총 16스피어의 값어치였다.

규현과 부하들은 아쉬운 눈빛으로 이유리의 가방을 바라보았다.

물론 통제가 시작되게 되면, 관리하는 클랜이 스피어를 독식하게 되는 만큼 금방 회수할 스피어들이기도 했다.

하지만 스피어 하나하나가 매번 아쉽게 느껴지는 것은 모든 스피어러들의 공통된 감정이었다. 그것이 아주 적은 수치의 스피어일지라도 말이다.

"당신들의 통제가 늦어져서 민간인까지 살해당할 뻔했습니다. 도대체 당신들의 어디를 믿고, 이 포탈의 통제를 부탁해야 하는 겁니까?"

동원이 좀 더 날카롭게 서희의 실수를 꼬집었다. 이런다고 해서 상황이 변하지는 않는다.

다만 경각심을 일깨워두지 않으면 같은 일이 반복되지 말란 법이 없었다.

클랜이야 자신들의 부주의로 통제권을 박탈당하면 그대로 철수하면 그만이지만, 이로 인해 희생자가 발생한다면 그 보상은 누가 해준단 말인가.

그야말로 개죽음만 당하는 것이다.

"아니, 이 새……."

"규현이 넌 물러서 있어. 넌 너무 말이 많아. 지금 네가

입을 나불거릴 그런 상황이 아냐. 알아? 상황부터 수습해. 포탈 주변부터 다시 살펴보라고."

"리더!"

"같은 말 두 번 하게 할 거야?"

"예, 옛. 알겠습니다."

동원을 향해 욕지거리를 내뱉으려던 규현은 서희의 불호령에 부하들과 함께 자리를 떴다. 해야 할 일이 많았다. 통제 라인으로 삼을 적당한 범위를 확인하고, 이에 맞는 구조물들을 설치해야 했다.

규현은 계속해서 위협적으로 동원을 노려보았다. 하지만 동원은 눈길조차 주지 않았다.

아예 관심조차 없다는 듯이. 덕분에 규현은 자기만 잔뜩 약이 오른 채, 씩씩거리며 수하들을 이끌고 포탈 방향으로 멀찍이 사라졌다.

"이번은 찰나의 시간 때문에 생긴 일이지만, 분명 사건 발생 시각에 우리에게 통제권이 넘어 있던 상황이니 실수가 있었던 점을 인정할게요. 다만 엄밀하게 말하자면 변이체 출몰 시점은 자정 이전이에요. 그때까진 우리의 통제가 아니었으니, 희생된 스피어러들에게 책임이 있는 거죠. 이건 명백해요. 통제권을 박탈당할 이유도 없구요. 다만 시간이 자정으로 넘어가는 시점에 우리가 없었으니, 그 부분에 대해서 사과할게요. 스피어러들의 희생은 안타까운 일이고요. 명복을 빌어야겠죠."

"블랙 헌터라고 했죠. 당신들이 이제부터 이곳을 관리하게 되는 겁니까?"

"그래요. 몇 군데를 더 관리하고 있지만, 이곳이 우리에겐 가장 큰 포탈이거든요. 이곳을 집중적으로 관리할 거예요. 그래야 많은 사람을 안전하게 지킬 수 있으니까. 그것보다 아까의 전투는 인상 깊게 봤어요. 꽤 위험한 변이체였던 것 같은데, 쉽게 잡더군요?"

서희의 눈빛이 반짝였다.

규현은 대수롭지 않게 동원과 이유리의 팀플레이를 보고 넘겼지만, 서희의 시선은 전혀 달랐다.

단순히 약속된 플레이라고 하기에는 두 사람의 공격이 매우 강력하고 정교했다. 게다가 이유리는 가까이서 보니 눈에 꽤 익은 사람이었다. 국가대표 양궁 선수였기 때문이다.

그녀도 그녀지만, 서희는 동원이 변이체를 상대할 때 순간적으로 보였던 움직임을 정확히 기억하고 있었다. 성격은 개떡 같지만 실력으로는 둘째가라면 서러울 규현이나 자신의 움직임보다도 빨랐다.

건틀릿을 쓰는 것도 특이했지만, 동원이 보인 움직임은

더욱 특이했다.

매우 빠른 반응속도, 그리고 강력한 한 방이 있었다. 마지막 일격으로 변이체의 심장에 꽂아 넣은 카운터펀치는 서희의 머릿속에 뚜렷하게 남아 있었다.

"노코멘트하죠. 쉽고 어려운 건 없습니다. 하느냐 못 하느냐의 문제지."

"겸손하시네요."

"생각하기 나름이겠죠."

동원은 적의를 거두지 않았다.

대화를 나누어 보니 앞서 말을 나눴던 남자 놈들보다는 리더답게 생각이 있는 것 같았지만, 클랜의 리더라고 하니 왠지 모를 거부감이 들었다.

클랜들의 통제는 이미 많은 논란이 되고 있었다. 클랜에 소속되지 않은 스피어러들이 현실에서 스피어를 충당할 장소를 빼앗겼기 때문이다.

통제권을 위임받은 클랜들은 자신들이 관리하는 포탈에 외부 스피어러들을 들이지 않았다.

혹은 시간당으로 책정된 현금이나 그에 상응하는 스피어를 받고 출입을 허가해 주기도 했는데, 배보다 배꼽이 더 큰 출입 비용이라 의미가 없었다.

각 클랜들은 외부 스피어러의 유입으로 인해 팀플레이에

빈틈이 생기거나, 방비 체계에 혼선이 생길 것을 우려해 출입을 불허하는 것이라 해명했다.

하지만 당연히 시선이 고울 리 없었고, 동원의 시선 역시 비슷했다.

물론 모든 클랜이 그럴 것이라 생각하진 않았다. 하지만 대다수의 클랜이 비슷한 포지션을 취하고 있으니 좋게 보이지 않는 것은 당연한 일이었다.

"앞으로 자주 보지 않을까 싶은데요. 이곳에 사시는 것 맞죠?"

동원은 대답 대신 고개를 끄덕였다. 그녀의 말대로다. 자주 볼 수밖에 없을 것이다.

동원이 스피어를 회수하기 위해 주변의 포탈을 돌아다닌 것은 사실이지만, 보통 이곳에서 스피어를 충당하곤 했었다.

최근 들어 부쩍 변이체의 출몰이 증가하기 시작하면서 더더욱 그랬다.

하지만 블랙 헌터가 통제를 하게 됐으니 이제 안정적인 공급 장소가 사라진 셈이었다.

어차피 노멀 퀘스트, 하드 퀘스트를 통해 주로 스피어를 모아왔던 터라 큰 타격은 없지만, 아쉽지 않다면 거짓말이었다.

"좋은 일로 자주 보기를 바라죠. 유리, 다 됐어?"

"네, 다 됐어요."

일찌감치 회수를 끝낸 이유리는 동원의 뒤에서 조용히 서희를 지켜보고 있었다. 동원만큼이나 서희를 바라보는 이유리의 시선 역시 곱지 못했다.

"그럼."

"곧 뵙죠."

"아무 문제가 없길 바랍니다."

동원이 최대한 감정을 누르고, 차분하고도 정중한 표정으로 서희에게 인사를 건넸다.

그녀는 묘한 미소를 계속해서 동원에게 보내고 있었다. 이유리는 그런 서희의 표정이 못마땅했는지, 한참을 그녀를 차갑게 쳐다보다가 조용히 동원의 뒤를 따라갔다.

*   *   *

"시간은?"

"곧 대기 시간이 끝나요."

"신경을 다른 곳에 쏟고 있었더니, 대기 시간이 다 된 것도 몰랐군."

"일단 분배부터 빨리 할까요?"

"그러자."

동원과 이유리는 인적이 드문 골목에서 포탈 앞에서 회수한 스피어를 분배했다. 어느덧 입장 가능한 시간이 2분 앞으로 다가와 있었던 것이다.

동원과 이유리 두 사람은 스피어에 링크된 이후, 단 한 번도 대기 시간을 여유롭게 보낸 적이 없었다.

항상 타이트하게 대기 시간이 끝나고 나면, 칼같이 들어가 다음 퀘스트를 수행했다. 일분일초가 아쉬웠기 때문이다.

[ㅁㅁ:ㅁꝹ:59] [Чㅁ:ㅁꝹ:59]

어느덧 깨져 버린 2분의 벽.

절대 시간만 놓고 보면 하루 하고도 반 이상의 여유가 있었지만, 두 사람에게는 관심 없는 절대 시간이었다. 다만 지금은 죽고 없는 많은 스피어러들, 특히 겁이 많았던 사람들에게는 절대 시간이 데드라인이었다.

48시간을 가득 채워 입장했던 그들은 결국 점점 도태됐고, 대다수가 스피어 안에서 죽거나 현재 낮은 랭크에서 겨우 목숨을 연명하고 있는 상태였다.

모든 스피어러가 동원처럼 적극적인 것은 아니었기 때문에, 사회적으로도 이런 '잉여' 스피어러들은 큰 문제가 되고 있었다.

처지를 비관하고 사회적인 문제를 일으키거나 일탈 행위를 했기 때문이다.

"D랭크 첫 퀘스트인가?"

"네, 오빠는 E랭크 첫 퀘스트죠?"

"그렇지. 이번에도 늘 그랬듯이, 아무 일 없이 다시 볼 수 있도록 하자."

"오빠도요. 무리하지 마요. 시간 단축하겠다고 무리하다가 죽는 스피어러들도 요즘 많다고 하던데."

"내 목숨보다 시간이 귀할 수는 없지. 걱정하지 않아도 돼."

이유리의 걱정에 동원이 어깨를 으쓱하며 웃어 보였다.

첫째도, 둘째도 목적은 생존이었다.

스피어도 중요했지만 그것이 목숨을 담보로 삼아야 하는 리스크 높은 것이라면 동원은 안전한 길을 택했다.

하드 모드 역시 수행하기 전에 몇 번이고 노멀 퀘스트에서의 기억을 되짚어가며 복기를 했던 동원이었다. 그 용의주도함이 지금의 동원을 만들었고, 기본기는 그렇게 탄탄하게 쌓이고 있었다.

"오빠."

"응?"

"끝나고 나면 커피나 더 할까요? 커피 한 잔으로는 뭔가 아쉬운 새벽인데. 그렇다고 술을 먹기는 좀 그러니까."

"그럴까. 퀘스트가 끝나고 이야기나 나누면서 한 잔 더
하자."

"그럼……."

"준비하자."

어느덧 1분대가 깨지고, 동원과 이유리는 골목을 빠져나
와 마침 놓여 있던 벤치에 나란히 앉았다.

두 사람은 자신의 앞으로 일찌감치 배치시켜 놓은 스피
어를 잡을 준비를 하고 있었다.

그리고.

대기 시간이 끝났다.

거의 동시라고 해도 무방할 시간에 두 사람이 스피어를
붙잡았다.

각자의 퀘스트가 시작된 것이다.

*   *   *

[경고 : 빅 웨이브(Big Wave)가 감지되었습니다. 사흘 후, 포탈을
통해 대대적인 공격이 시작됩니다.]

"……?"

동원이 입장하는 순간, 선택의 통로 입구에서 스피어는

다음과 같은 안내 메시지를 출력했다.

　빅 웨이브.

　지금까지 들어본 적 없는 새로운 단어이자, 스피어가 보
낸 첫 경고의 등장이었다.

제4장
빅 웨이브(Big Wave)

빅 웨이브가 공지된 이후 하루가 지났다.

그동안 동원은 우선 E랭크의 첫 번째 퀘스트와 두 번째 퀘스트를 완수했다.

예전에 그랬던 것처럼 첫 번째 퀘스트는 생존 능력을 점검하는 퀘스트였고, 두 번째 퀘스트는 불특정 다수를 매칭시키는 단체 퀘스트였다.

동원이 E랭크가 되면서 새로이 알게 된 사실들이 있었다. 첫 번째는 바로 불특정 다수의 매칭이 아닌, 지인들로 구성해서 수행하는 단체 퀘스트의 등장이었다.

이유리는 동원보다 훨씬 일찍 E랭크에 진입했지만 이 사실을 전혀 알지 못했다.

단체 퀘스트에 큰 관심이 없었기 때문이다. 동원도 퀘스트에 대해 알아보던 중, 단체 퀘스트가 지인 혹은 클랜 단위로도 얼마든지 발동이 가능하다는 사실을 우연히 알게 되었던 것이다.

스피어는 어떤 부분에서는 과도하게 친절하다 싶을 정도로 많은 정보를 알려주었지만, 어떤 부분에서는 설명이 미흡한 경우가 종종 있었다.

다양한 클랜 커뮤니티를 돌아다니며 검색을 해봤지만 이 단체 퀘스트에 대해서는 정보 공유가 이상하리만치 없었다.

시온을 통해 확인해 본 결과, 단체 퀘스트는 몇 가지 특징이 있었다.

우선 단체 퀘스트 역시 퀘스트 수행 횟수에 포함이 된다. 각 랭크에서 첫 번째와 두 번째를 제외한 나머지 회차의 퀘스트를 모두 단체 퀘스트로 채울 수도 있었다.

입장 방법은 간단했는데, 대기 시간이 끝난 유저들이 손을 모두 맞잡은 다음 입장 결정자 역할을 할 사람이 스피어를 움켜쥐면 끝이었다. 만약 손을 잡은 사람들 중 대기 시간이 아직 남은 사람이 있다면 그 사람은 자동으로 걸러졌다. 이동되지 않는 것이다.

그렇게 입장을 하게 되면 해당 그룹은 1인으로 퀘스트를 수행했을 때와는 다른 조건에서 퀘스트를 수행해야 했다. 참여 인원에 비례해서 몬스터의 숫자가 증가하고, 그 몬스터들의 공격력과 방어 능력도 비례해서 상승했다. 그만큼 보상이 늘어나지만 위험해질 가능성도 컸다. 즉, 손발이 잘 맞는 사람끼리 들어가는 것이 아니라면 되려 난이도만 높아질 수 있다는 것이다.

예를 들어 개인 퀘스트가 공격 능력 1의 몬스터 1마리를 상대하는 것이라면, 5인 퀘스트는 공격 능력 1.2의 몬스터 6마리를 상대하는 구조였다. 10인 퀘스트가 되면 공격 능력 1.5의 몬스터 15마리를 상대하는 식이었다.

보상 역시 개인 퀘스트가 1의 보상이라면, 5인일 경우에는 6, 10인일 경우에는 15 이런 식이었기 때문에 메리트가 상당히 컸다. 물론 그 메리트에는 목숨에 대한 리스크가 당연히 포함되어 있기도 했다.

동원이 현재 가지고 있는 인맥으로도 단체 퀘스트 수행은 얼마든지 가능했다. 자신과 이유리, 황찬성과 황찬열, 네 명이면 충분했다. 다만 그 어떤 퀘스트보다도 호흡이 중요한 만큼, 사전에 충분한 교감을 할 생각이었다.

*　　　*　　　*

"음······."

모두가 잠든 깊은 새벽.

동원은 집 안의 모든 불을 끈 채 침대 위에 누워 생각에 잠겨 있었다. 빅 웨이브 공지 이후 시온과 나누었던 대화를 되새기는 중이었다.

"모든 포탈에서 수많은 변이체가 출몰하게 될 것입니다. 그 수는 알 수 없지만, 한 가지 확실한 것은 포탈의 규모가 클수록 그 수가 많다는 점입니다."

시온은 자신의 안내자임과 동시에 스피어와의 연결고리이기도 했다. 시온의 말대로라면 가장 많은 변이체가 출몰할 것으로 예상되는 곳은 당연히 서울 스퀘어였다.

각국에는 메인 포탈이라 할 만한 거대 포탈이 여러 개 있었는데, 대한민국에서는 서울 스퀘어 앞에 있는 포탈이 가장 컸다. 그 포탈의 크기에 비교해 보면 동원의 동네에 있는 포탈은 어린아이 수준이었다.

빅 웨이브 공지는 동원뿐만이 아니라 모든 스피어러에게 이루어진 것이어서, 아직 스피어에 입장하지 않고 절대 시간을 끝까지 쓰려고 해는 잉여 스피어러들이 아니라면 대부분 이 사실을 알고 있었다.

벌써부터 각 스피어러들의 커뮤니티는 빅 웨이브에 대한 이야기로 가득 채워지고 있었는데, 화두는 역시 메인 포탈에서 등장할 네임드(Named) 변이체에 대한 것이었다. 쉽게 말해서 보스(Boss)에 대한 이야기였다.

네임드 변이체, 약칭 네임드의 등장.

그 사실 하나만으로도 많은 스피어러들이 서울 스퀘어에 몰릴 것이라 생각하겠지만, 현실은 정반대였다. 대다수의 스피어러들은 자신들이 소속된 클랜이 통제하는 포탈을 지키거나, 소규모 포탈에서 빅 웨이브를 대비하는 것으로 결정을 내리고 있었다.

그것은 스피어의 안내자들이 네임드의 등장을 두고 몇 번이고 직접 자신과 링크된 스피어러들에게 경고를 했기 때문이다. 지금껏 상대했던 변이체들과는 차원이 다른 엄청난 크기와 위력, 살상 능력을 지녔으니 감히 상대하지 말라는 경고였다.

지인이나 타인의 경고도 아니고, 스피어 시스템의 핵심인 안내자가 그런 말을 하니 스피어러들도 긴장을 하지 않을 수 없었다. 게다가 전반적인 분위기가 서울 스퀘어에서 등장할 변이체와 네임드에 대해서는 클랜 가온에서 총괄할 것처럼 흘러가면서, 더더욱 관심이 줄어드는 상황이었다.

하지만 동원의 생각은 달랐다.

왜 수많은 사람들이 게임 속에서 어떻게든 공략법을 연구하고 달려들어 보스들을 잡으려 하는가? 그들이 내놓는 보상이 상당하기 때문이다.

동원은 이번에야말로 어떻게든 네임드를 상대할 필요가 있다고 생각하고 있었다. 위험부담? 어차피 목숨을 내놓고 싸우는 것은 포탈의 규모와는 관계없었다. 조금 더 위험하거나, 덜 위험하거나의 차이다.

지금의 안정만을 생각하고 필요한 도전을 하지 않는다면 귀결점은 결국 도태였다. 이미 스피어러가 된 마당에 남들보다 뒤처져 힘이 부족해진다면 어떻게 보든 손해인 것이다.

"서울 스퀘어로 가야 해."

동원은 거의 확정적으로 결심을 내리고 있었다. 가온에서도 많은 스피어러들의 합류를 권하고 있었다. 가온이 대한민국에 현존하고 있는 최강의 스피어러 클랜인 것은 확실하지만, 모든 전력이 서울 스퀘어에 집중되어 있는 것은 아니었다.

그들은 클랜의 규모만큼 많은 포탈을 관리하고 있었고, 때문에 정예부대를 따로 편성했음에도 여전히 인원 부족에 시달리고 있었다.

지원에 제한은 없었다. 전투에 대한 의지만 있다면 F랭크의 신입이든, 고랭크의 스피어러든 상관없다고 했다. 그래서 동원도 이참에 힘을 보탤까 하고 있었던 것이다.

매스컴에서는 연일 빅 웨이브에 대한 보도가 이뤄지고 있었다. 이미 정부 차원에서도 이를 대비하기 위한 부대의 편성이 이뤄지고 있었다.

변이체들이 스피어러들에게만 보이는 것은 아니기 때문이다. 즉, 군경도 얼마든지 힘을 보탤 수 있었다. 다만 대한민국의 특수한 국가 환경상, 전방의 부대를 모두 차출할 수는 없었다.

이 와중에도 북한은 여전히 골칫거리였다. 북한 역시 대한민국과 비슷한 수의 포탈이 생겨났고, 그곳에서도 분투하고 있는 스피어러들이 있는 것으로 예상됐다. 하지만 이런 사실들은 철저하게 비밀에 부쳐졌고, 북한은 오히려 이번의 빅 웨이브 공지를 도발 수단으로 여겼다.

빅 웨이브가 시작되는 시간에 맞춰 서울을 불바다로 만들어 버리겠다느니, 인민군의 힘을 보여주겠다느니 하는 위협을 일삼았던 것이다.

황당했지만 그렇다고 흘려들을 수 있는 말도 아니다 보니 군경을 동원한다고 해도 그 수에 제약이 있었다.

게다가 빅 웨이브에 대한 소식만 가지고 고급 전력을 동원하기에는 리스크가 컸다. 빅 웨이브라는 공지가 있긴 했지만, 그 규모는 스피어러들도 알지 못했던 것이다.

　또한 빅 웨이브에 대한 소식이 알려지면서, 치안이 급격히 불안해지고 있는 탓에 신경을 써야 할 부분이 한 두 개가 아니었다.

　벌써부터 생필품 사재기부터 시작해서 주가가 폭락하고 사람들이 두려움에 떨고 있었다. 정부는 이런 부분들까지도 신경을 써야만 했다.

　때문에 정부는 군경의 투입을 메인이 아닌 서브의 개념으로 보고 있었다. 우선 전반적인 전투는 스피어러들이 전담하고, 군경이 부족한 부분을 메꾸겠다는 식이었다.

*　　　*　　　*

　"안 피려고 했는데, 생각이 좀 많아지는 밤이군."

　빅 웨이브를 놓고 어떤 식으로 싸울지, 어떻게 움직일지에 대한 고민을 하다 보니 머릿속이 자연스럽게 복잡해졌다.

　새해가 되면서 확실하게 끊겠다고 마음먹은 담배였지만, 막상 머리가 복잡해지니 담배가 가장 먼저 생각났다. 이제는 한 갑을 피려면 4,500원을 내야 하고, 만 원으로 네 갑이 아닌 두 갑과 잔돈 1,000원이 남는 시대가 됐다.

동원은 한 갑만 사놓을까 하다가 마음을 돌렸다. 체력이 점점 중요해지는 만큼, 담배가 도움이 될 부분은 없다. 기분 전환 따위로도 이유를 정당화하기는 힘들다.

그러다 보니 자연스레 담배 대신에 단 것이 당겼다. 성인이 된 이후로는 한 번도 마시지 않은 초코우유가 문득 생각났던 것이다.

모두가 잠든 새벽, 스물여덟 살의 남자가 초코우유 하나를 사기 위해 편의점으로 가는 광경이 흔한 것은 아니지만, 아무래도 상관없었다.

가는 길에 멀찍이 보이는 포탈을 보니 블랙 헌터의 스피어러들이 철통같이 경계를 서고 있었다. 이제 꽉찬 하루가 지난 시간이다. 하루만 놓고 속단할 수는 없지만, 배치된 스피어러들의 수나 주변에 구축한 방어선을 보면 안심은 됐다. 혹시나 문제가 생긴다면, 그때는 동원이 가만 있지 않을 생각이었다. 통제의 존재 이유는 스피어를 위해서가 아닌, 시민들의 안전을 위한 것이었으니까.

"윤미 씨는 잘 지내고 있을까? 그러고 보니 요즘 담배를 끊으면서 편의점을 가보지도 않았군."

김윤미 생각이 났다.

생각해 보니 스피어러가 된 이후 자연스럽게 담배를 끊으면서 편의점 방문의 목적이 사라졌고, 발걸음이 끊겼던 곳이었다. 이유리가 도도하고 시크한 매력이 있다면, 김윤미에게는 서글서글하고 명랑하며, 유쾌한 여자의 매력이 있었다. 생각이 동원 자신과 인연이 있는 여자들에게 확장되다 보니, 자연스럽게 바텐더 김단비도 생각났다.

그날 이후, 동원은 호프집 아르바이트를 그만두었다. 일을 병행해서는 스피어러로서의 생활에 전념하기 힘들었기 때문이다. 매일 잠을 잘 시간까지 쪼개어 포탈들을 찾아다니며 변이체를 사냥했던 동원이었다. 아르바이트를 제대로 할 수 있을 리가 없었다.

대신 일을 하지 않음으로 인해서 부족해진 수입에 대해서는 스피어의 현금 교환으로 충당을 했다. 딱 그만큼의 수입만 스피어로 보충했고, 그 이상을 돈으로 바꾸지는 않았다.

"나비야, 메리야, 누렁아. 이리온. 그래, 그래, 착하지. 돌아다니지 말고, 전부 여기에 모여 있자. 응?"

바로 그때, 편의점 앞에서 익숙한 목소리가 들려왔다. 김윤미의 목소리였다.

"음……?"

동원의 시선이 자연스럽게 김윤미에게로 향하고, 이어서 그녀를 졸졸 따라오고 있는 고양이와 개에게로 쏠렸다. 단순히 사람만 보고 따라왔다고 하기에는 그 수가 많았다. 어림잡아도 여덟이었다.

게다가 어둠 속에서 어슬렁어슬렁 걸어오고 있는 들고양이 두 마리를 합치면 이제 열 마리가 되려고 하고 있었다. 뭔가 예사롭지 않은 광경이었다.

"어? 동원 씨, 안녕하세요? 오랜만이에요! 요 몇 주 동안 안 보이셔서… 이사라도 가신 줄 알았는데, 잘 지내셨어요?"

"아, 담배를 끊었거든요. 그러다 보니 편의점에 들를 일이 없었어요."

김윤미가 반갑게 인사를 건넸다.

사실 김윤미와의 인연이라고는 매일 새벽에 담배 한 갑을 살 때마다 인사를 나눈 게 전부지만, 그렇게 몇 개월을 매일 같은 시간에 봐왔던 사이라 그런지 친근감이 있었다.

새벽 시간대라 손님은 없었고, 그래서인지 김윤미가 밖으로 나와 있었던 모양이었다.

"아아, 내 정신 좀 봐. 물건 사러 오신 거죠?"

"초코우유나 하나 사갈까 하고요. 담배를 끊었더니 단 게 끌리네요. 초코우유 있죠?"

"아, 물론이죠. 인기 상품이라 매일 가득가득 채워 놓아요, 점장님이. 얘들아, 어디 가지 말고 여기 있어! 알았지?"

김윤미의 말에 개와 고양이들은 마치 그 말을 알아듣듯, 제자리에 멈춰섰다.

고양이와 개, 단어만 놓고 봐도 어울리기 힘들 것 같은 조합이다. 하지만 편의점 앞에 앉아 있는 녀석들은 아주 친한 친구를 만나기라도 한 것처럼 서로 몸을 부대낀 채로 체온을 공유하고 있었다.

동원은 초코우유만 살까 하다가, 초콜릿 두 개를 더 샀다. 이왕 단 것이 땡기는 김에 몇 년 동안 먹어본 적 없는 초콜릿도 먹어볼 생각에서였다.

그렇게 계산을 하고, 동원은 김윤미에게 초콜릿 하나를 내밀었다.

"음? 뭐예요?"

"같이 먹죠. 새벽 내내 고생이 많은데."

순수한 마음에서 우러난 동원의 선물이었다.

보통 편의점 야간일이라는 것이 여자가 하기에는 물건을 입고해야 하는 것도 있고 밤을 새워야 하는 것이다 보니 어려운 일이었지만, 김윤미는 매번 볼 때마다 기운이 넘쳤다. 그리고 항상 친절하게 손님들을 대했다. 동원을 포함해서 말이다.

"아… 괜찮아요. 하지만 거절하지는 않을게요! 감사히 먹고 다음엔 제가 초코우유 하나 사드릴게요!"

"하하, 마음만 받을게요. 그런데 윤미 씨."

동원이 살짝 운을 뗐다. 확실히 편의점 앞에서 본 광경은 예사롭지 않은 것이었다.

예전 같았으면 스피어러에 대한 질문을 던지는 것이 혹여 '정신 나간 소리'가 되지 않을까 싶어 꺼내지 않았겠지만, 동원은 한 번 물어보기로 했다. 왠지 그녀가 동물들을 다루는 모습에서 평범하지 않은 느낌이 들었기 때문이다.

"네?"

"혹시 윤미 씨도 스피어러인가요?"

"어, 어떻게 알았어요? 아니, 그것보다 윤미 씨도… 라는 말은 동원 씨도 스피어러예요?"

"네, 맞아요."

순식간에 서로에 대한 정보 공개가 이루어졌다.

역시 동원의 예상대로였다. 김윤미도 스피어러였던 것이다. 그렇다면 언제부터 김윤미가 스피어러가 된 것일까? 동원이 첫 퀘스트를 치르고 나왔던 그 시각, 담배를 사던 무렵의 그때였을까?

"있을 수도 있고 없을 수도 있고… 사람을 죽이는 안개와 이유를 알 수 없는 포탈도 생겨난 마당인데 저런 현상이 안 생길 것이라고 확신은 못 하겠어요. 하지만 보인다고 하는 사람이 미친놈 소리 듣기 딱 좋지 않을까요?"

동원은 그때 김윤미가 했던 말을 기억하고 있었다. 그 말
대로라면 이때는 아니었을 것이란 얘기다. 마침 당사자가
눈앞에 있으니, 바로 물어보면 될 것 같았다.

"그랬구나… 그럼 첫날부터였던 거예요?"

"네, 그날부터였죠. 윤미 씨에게 포탈에 대해 물어봤던
그날이에요. 그런데 윤미 씨는 언제부터 스피어에 링크가
된 거예요?"

"저도… 그날부터였어요."

"그런데 왜 아무 말도 하지 않았어요?"

"미친년 소리 듣기 딱 좋다고 생각했거든요. 그때는 이렇
게 스피어러들의 존재가 인정받던 때가 아니었잖아요. 생각
해 보니 동원 씨도… 대답을 애매하게 흐렸었군요. 그렇죠?"

"맞아요. 서로가 너무 조심한 탓에 정작 눈앞 가장 가까
운 곳에 스피어러인 동료가 있었는데도 알지 못했네요. 윤
미 씨, 그럼 윤미 씨의 능력이 바로 저 아이들인가요?"

동원이 문 밖에서 김윤미를 빤히 쳐다보고 있는 동물들
을 보았다. 녀석들은 마치 어미를 따르는 새끼들이 된 것처
럼 김윤미에게서 시선을 떼지 못하고 있었다.

들고양이나 들개라면 사람들에 대한 경계심에 접근조차

하지 않으려 하는 게 정석이다. 하지만 녀석들은 김윤미에게 대해서만큼은 전혀 그런 경계심이 없어 보였고, 아주 오래전부터 함께했던 것처럼 익숙하게 행동하고 있었다.

"맞아요. 자세하게 설명을 드리려면 여기서는 좀 그런데, 잠깐 밖으로 나갈까요? 마침 여유가 있는 시간이에요. 손님도 끊기는 시간이니까 근처에만 있으면 밖에 나와 있어도 문제는 안 될 거예요."

"그러죠. 전혀 예상하지 못했어요, 윤미 씨가 스피어러였을 것이라고는……."

"저는 웬만하면 숨기고 싶었거든요. 그래서 아무에게도 알리지 않고 있었어요. 클랜 같은 곳에도 관심이 없고… 포탈을 찾아다니며 변이체들과 싸우는 것도 원치 않았어요."

딸랑딸랑.

귀여운 종 모양의 방울이 달려 있는 편의점 입구의 문이 열렸다 닫히고, 자연스럽게 동원과 김윤미가 밖으로 나왔다. 그러자 입구 앞에서 기다리고 있던 녀석들이 김윤미의 앞으로 달려왔다.

김윤미는 주머니 속에 넣어 두었던 간식을 하나씩 녀석들의 입에 넣어주고는 눈짓으로 주택가 옆에 있는 공터를 가리켰다. 그러자 녀석들이 낑낑거리며 동원을 노려보다가는 이내 사이좋게 공터 쪽으로 멀어져 갔다.

"잠깐 앉을까요?"

"네."

동원과 김윤미는 편의점 근방에 설치되어 있는 벤치에 앉았다. 김윤미는 마침 배가 고팠는지, 초콜릿의 포장을 벗겨내고는 한 입을 베어 물고는 맛있게 녹여먹기 시작했다. 동원 역시 초콜릿에 초코우유라는 달달한 조합으로 야밤의 흡연 욕구를 달랬다.

"위험하지 않았어요?"

"정말 위험했어요. 첫 퀘스트가 정말 지옥 같은 경험이었거든요. 그때 동원 씨가 담배를 사러 왔을 때가 첫 번째 퀘스트를 막 끝냈을 때였어요. 그때까지만 해도… 제가 미쳤다고 생각했거든요. 그래서 아무 말도 하지 않은 거예요. 저를 이상하게 볼 수도 있으니까……."

"그래도 아무 일이 없어 다행이에요. 지금은 어때요?"

"견딜 만은 해요. 빡빡하게 대기 시간이 종료되자마자 입장하는 것은 아니지만, 최대한 시간을 맞춰서 들어가고 있어요. 잉여 스피어러 소리는 듣고 싶지 않거든요. 남들보다는 다소 부족할지는 몰라도, 제가 가진 능력의 특별함 정도는 확실하게 인지하고 있어요."

"그렇군요. 그럼 이번에 빅 웨이브에 대한 공지도 봤을 텐데, 어떻게 할 생각인가요?"

동원은 김윤미의 결정을 탓하고 싶지는 않았다.

자신은 어떻게든 더 강한 힘을 얻기 위해 대기 시간이 끝나는 대로 스피어로 입장하고 하드 모드 퀘스트를 수행해 가며 보상을 얻고 있었다. 김윤미는 그것보다는 다소 느슨하게, 하지만 마음의 준비가 되면 머뭇거리지 않고 스피어에 입장하는 것 같았다.

그녀 역시 최근 불편한 화두가 되고 있는 잉여 스피어러들에 대한 인식을 가지고 있었다. 이에 대해 그들처럼 되지 않겠다고 생각하며 동기부여를 확실하게 하고 있는 것을 보면 다행이었다.

"저도 힘을 보태야죠. 여기에도 포탈이 있잖아요. 주제넘게 멀리 가고 싶은 생각은 없어요. 하지만 작은 힘이라도 보태야… 많은 사람들이 안전해질 수 있겠죠."

김윤미의 시선은 남쪽의 포탈로 향해 있었다. 블랙 헌터 클랜의 구성원들이 상주하고 있는 곳이긴 하지만, 힘이야 많이 보탤수록 좋은 것이었다. 스피어러의 합류를 마다할 이유는 없을 것이다.

"동원 씨는 어떤 능력이에요?"

"어렸을 적부터 복싱을 즐겨했거든요. 덕분에 그에 맞게 능력이 생겼죠."

"그럼 무기도?"

"이런 것."

동원이 팔목에 채워져 있던 팔찌의 양옆 버튼을 누르자, 자연스럽게 건틀릿이 생성되며 손 전체에 씌워졌다. 그리고 다시 버튼을 누르자, 원래의 모습으로 되돌아갔다.

"오, 건틀릿은 처음 봐요……!"

"윤미 씨의 능력은?"

"아, 맞다. 저는 별것 없어요. 무기나 제 손으로 피를 묻히는 일은… 상상 속에서라도 해보지 않았던 일이거든요. 그래서 그런지 이런 힘을 얻게 됐어요. 물론 그렇다고 살상(殺傷)을 안 하는 건 아니지만요. 어쩔 수 없는 타협점이라고나 할까."

김윤미가 자리에서 일어섰다. 그러고는 조심스럽게 주변을 살폈다.

이제 스피어러들이 현실에서 자기의 능력을 보이는 것은 흔한 일이 되어 있었다. 심지어는 방송에 출연해서 자신의 능력을 공개하는 경우도 많았다. 유명세를 타고 싶어 하는 스피어러들이 주로 그랬다.

하지만 김윤미는 스피어와 링크되었던 초창기, 스피어에 대한 이야기가 전부 정신 나간 소리처럼 여겨졌던 시절에 대한 기억이 있어서인지 행동이 조심스러웠다. 동원도 아무 데서나 자신의 능력을 보여주는 편은 아니었지만, 김윤미는 필요 이상으로 조심스러워 하는 구석이 있어보였다.

"정말 다행이에요. 제가 스피어러라는 사실을 공유할 수 있는 동료가 단 한 명도 없었거든요. 하지만 동원 씨가 스피어러였다니… 반갑기도 하고, 정말 다행이란 생각도 들어요. 앞으로 정보 공유도 많이 해주셨으면 좋겠어요. 매번 살얼음판을 걷는 기분이거든요."

김윤미가 쉴 새 없이 말을 쏟아내며, 허공을 향해 두어 번 손짓을 했다. 그러자 김윤미의 양손끝에서 하얀색 섬광이 반짝이기 시작하더니, 이내 김윤미의 앞에 어떤 동물의 형체가 생겨나기 시작했다.

"백랑이라고 불러요. 하얀 늑대라는 뜻이죠. 제가 데리고 다니는 녀석이에요. 스피어 안에서도, 그리고 현실에서도요."

"테이머(Tamer)?"

"그런 셈이에요. 완벽하게 일치한다고 할 수는 없지만요."

동원의 말에 김윤미가 고개를 끄덕였다. 그리고 그녀의 앞에 어느새 소환된 하얀 늑대, 백랑의 머리를 쓰다듬어 주었다. 녀석은 살기 어린 눈빛으로 동원을 바라보고 있었지만, 날카로운 송곳니를 드러내거나 위협적인 자세를 취하지는 않았다.

"다양한 능력이 있다는 것은 짐작했지만, 이건 정말 예상하지 못했던 정보군요."

동원이 신기하게 백랑의 모습을 바라보았다. 많다고는 할 수 없어도 다양한 스피어러들의 커뮤니티를 둘러보았던 동원이었다. 하지만 김윤미와 같은 케이스는 매우 특별한 것이었다.

"백랑이가 저를 항상 지켜줬어요. 이젠 제 동반자와 같은 존재가 됐어요. 그렇지, 백랑아?"

김윤미가 백랑의 얼굴을 붙잡고 사랑이 잔뜩 담긴 입맞춤을 했다. 백랑은 늠름하게 네 다리를 쭉 뻗고 선 채로 김윤미와 시선을 마주쳤다.

그러는 사이 멀리서부터 점점 가까워지며 편의점 쪽으로 향하는 손님들이 있었다. 김윤미가 허공에 손짓을 하자 백랑의 모습이 순식간에 사라졌다. 그리고 김윤미가 자리에서 일어섰다.

"앞으로도 자주 대화할 수 있으면 좋겠어요. 제 번호 찍어드릴게요, 문자 한 번만 보내주세요."

"그렇게 할게요."

김윤미가 재빨리 동원의 스마트폰에 자신의 번호를 찍고는 편의점을 향해 뛰어갔다. 당장에 빅 웨이브가 이틀 앞으로 다가왔지만 자신의 일에 충실한 여자였다.

사실 저게 당연한 것이기도 하다. 내일 하늘이 무너진다 하더라도, 할 일은 해야 했으니까.

"날이 밝는 대로 서울로 가봐야겠다."

동원이 자리에서 일어나 자신의 집으로 향하며 김윤미에게 문자 한 통을 보내고, 집에서 했던 생각을 다시 한 번 확정지었다. 마음 같아서는 김윤미와 손발을 맞춰보거나 혹은 그녀의 실력을 보고 싶었지만 지금은 때가 아닌 듯싶었다.

하지만 아주 가까운 곳에 안면이 충분히 있는 스피어러 동료가 있다는 것을 알게 됐으니 잘된 일이었다. 그녀가 원하면 앞으로 힘이 닿는 대로 도와줄 생각이었다. 충분히 그럴 만한 능력이 있었으니까.

다음 날 아침.

동원은 서울 스퀘어로 출발했다.

이유리는 동행하지 않았다.

그녀는 자신의 거취에 대해 고민하고 있었다. 이미 스피어러가 된 이상 양궁 선수로서 생활한다는 것이 쉽지 않다는 것을 잘 알았기 때문이다.

형평성 문제부터 시작해서 그녀의 발목을 잡을 문제들이

많았다. 그녀가 스피어러라는 사실은 언젠가는 밝혀질 수밖에 없을 것이고, 그렇게 되면 양궁 국가대표가 되어 좋은 성적을 낸다고 하더라도 훗날 비난을 받을 가능성이 높았기 때문이다.

그래서 이유리는 생각을 정리하고 싶다고 했다. 그러다 보니 공개적으로 활동해야 하는 이번 빅 웨이브 준비는 아직 그녀에게는 마음의 준비가 되지 않은 일이었다.

동원은 강요하지 않았다. 그녀에게는 그녀의 사정이 있는 것이고, 동원은 충분히 이유리의 고민을 존중해 줄 생각이었다.

버스와 지하철을 타고 이동하기를 약 1시간. 동원은 대학생 시절일 무렵, KTX를 타기 위해 종종 찾곤 했었던 서울역에 오랜만에 도착할 수 있었다.

이제 서울 스퀘어 앞에 임시로 세워져 있을 클랜 가온의 사무실을 찾아가 지원 의사를 밝힐 시간이었다. 어쩌면 가온 클랜의 리더를 만날 수 있을지도 모른다.

제5장
서울 스퀘어

　"여러분, 종말이 도래했습니다. 구원의 길은 하나뿐입니다, 여러분! 세상사에 대한 모든 욕심을 버리십시오. 돈에 대한 욕심도, 그 어떤 물질적인 것에 대한 욕심도 모두 털어내고 저와 함께 새로운 시대를 맞이합시다, 여러분!"

　"뭣들 하고 있어, 저 사람 잡아!"

　"히익! 여러분 이런 억압에도 절대 물러서지 맙시다! 절대로요!"

　서울역 앞으로 나오자, 가장 먼저 동원을 맞이한 광경은 어떤 정신 나간 사람이 종말을 주장하고 있는 것이었다. 이미 사회적으로 큰 이슈가 되고 있는 문제 중 하나였다.

종말, 세기말을 언급하며 휴거를 주장하는 사이비 종교 단체들이 창궐하고 있었기 때문이다. 누가 저런 말도 안 되는 논리에 넘어가느냐고 하겠지만, 실제로 저 말에 휩쓸려 가산을 모두 처분하고 사이비 종교에 귀의하는 일이 심심찮게 있었다.

물론 그 가산은 사이비 종교를 운영하고 있는 교주의 주머니로 들어가 흥청망청 유흥비로 사라지거나, 종말 대비와는 전혀 관계없는 헛된 곳에 쓰여 사라졌다.

서울역 앞이라고 해서 다를 것이 없었고, 날이 바짝 선 경찰은 시끄러워지기 전에 이런 사람들을 바로바로 현장에서 잡아들이고 있었다. 저 사람은 시기를 잘못 고른 것이다.

"음……."

서울역 앞으로 펼쳐진 광경은 예사롭지 않았다. 우선 북동쪽에 위치한 서울 스퀘어 건물이 가장 먼저 눈에 들어왔다. 9층 높이로 솟아 있는 포탈의 모습도 보인다.

서울 스퀘어 건물은 더 이상 사람이 상주하고 있는 건물이 아니었다. 변이체의 등장 이후 폐쇄되었던 것이다. 당연한 조치였다. 서울 스퀘어 앞의 포탈이 대한민국을 대표하는 메인 포탈이 됐고, 이 포탈에서 가장 많은 변이체들이 출몰했기 때문이다.

덕분에 과거 밤이 되면 비디오 아트와 같은 것으로 외벽을 수놓았던 LED 화면의 향연도 더 이상 볼 수 없게 되었다. 뿐만 아니라, 아예 이쪽 길은 2주 전부터 완벽하게 차량의 출입이 통제되고 있었다.

포탈의 규모가 확장되면서 차선 통행 자체가 불가능해졌기 때문이다. 그래서 차들은 없었지만 그 대신 이번 빅 웨이브를 대비하기 위해 스피어러들이 머물기 시작하면서 생겨난 상주용 가건물(假建物)들이 여기저기에 널려 있었다.

직접 본 메인 포탈의 위용은 대단했다.

붉은 포탈은 당장에라도 거대한 열기를 내뿜으며 모든 것을 집어삼킬 것 같은 악마의 눈처럼 보였다. 이곳에서 이틀 후면 쉴 새 없이 변이체들이 쏟아져 나오는 빅 웨이브가 시작되는 것이다.

시온의 말에 따르면 빅 웨이브가 시작되기 전에 별도로 한 번 더 공지가 있을 것이라고 했다. 퀘스트 대기 시간만 놓고 봐도 아직 빅 웨이브가 시작되기 전까지는 두 번 정도 입장할 시간적 여유가 있었다.

문제는 동원처럼 계속해서 퀘스트에 도전하는 스피어러들이 아닌 절대 시간을 가득 채워가며 입장하는 잉여 스피어러들이었다. 그들 중에는 빅 웨이브에 대한 공지 자체를 듣지 못한 경우도 많았다. 입장을 하지 않았으니 공지를 안 내받지 못한 것이다.

가온 클랜에서는 이런 식으로 정보 자체가 누락되어 빅 웨이브를 알지 못하는 스피어러가 전체의 10% 정도 될 것이라 추산하고 있었다. 신문이나 광고, 인터넷 포털 사이트를 통해 알리더라도 그 정보와 접촉하지 못할 경우가 있을 것이라 본 것이다.

게다가 기존 스피어러들의 희생으로 인해 새로이 신규 스피어러들이 영입되면서, 스피어러이기는 하되 전투에 참여하기엔 능력이 턱없이 부족한 스피어러들이 30% 가량 될 것으로 추산했다. 그리고 20% 가량의 스피어러들은 이번 빅 웨이브에 참여하지 않고, 관망하며 안전을 추구하려 할 것으로 예상했다.

물론 통계치에 불과한 것이었지만, 이런 식이면 전체의 60%에 해당하는 스피어러들은 쓸모없는 전력인 셈이었다. 그래서 그런지 전국에 존재한 모든 포탈들이 아주 빡빡한 형태로 대비 전력이 편성되어 있었다. 그중에서 가장 많은 위험성이 공지된 서울 스퀘어는 생각보다 스피어러들의 수가 적었다.

〈빅 웨이브 디펜스 참가 신청 접수 센터 → 150m〉

슬슬 팻말이 보이기 시작했다. 화살표가 가리키는 방향

으로 시선을 돌리니 건물 하나가 보였다. 그 위에는 청십자 문양이 새겨진 깃발 하나가 펄럭이고 있었는데, 바로 가온 클랜의 깃발이었다.

옆을 지나다니는 사람 중에는 왼쪽 팔에 청십자 문양이 새겨진 완장을 차고 다니는 사람도 꽤 보였다. 그들이 바로 가온 클랜에 소속된 스피어러들이었다.

여기저기 눈치를 보는 비완장 스피어러들과 달리, 그들은 걸음걸이부터 시작해서 모든 것이 자신감에 찬 모습이었다. 클랜의 소속감이란 이런 식으로 스피어러들에게 꽤 큰 자부심을 주는 것이었는데, 그 자체는 동원도 나쁘지 않게 보고 있었다.

성큼성큼 걸음걸이를 옮기니 어느새 접수 센터 앞이었다.

동원은 센터 앞에 놓인 거대한 서울 스퀘어 앞 지형 지도에 시선을 옮겼다. 동원처럼 접수 센터를 방문한 스피어러들은 지도를 자세하게 확인하고 있었다.

지도의 내용은 간단했다 서울 스퀘어를 중심으로 주변의 방어선을 구역별로 나누고, 그 구역에 배치할 스피어러들의 수와 명단을 적은 것이었다.

이미 전력 배치가 완료되거나 완료될 예정인 곳은 각각 붉은색과 주황색으로 표시가 됐고, 지원 가능한 위치만 녹색으로 표시되어 있었다.

"에이, 뭐야. 이거 전부 외곽이잖아? 이래 가지고 되겠어?"

옆에서 지도를 보던 스피어러 하나가 불평을 토해냈다. 목숨을 잃을 리스크를 무릅쓰고 서울 스퀘어로 온 것은 대규모 웨이브의 중심지답게 치열한 전투가 예상됐고, 그 과정에서 다수의 스피어를 획득할 수 있으리라 생각했기 때문이다.

"야, 이러면 가온 독식이잖아. 뭘 지키라는 거야? 빠져나오는 찌꺼기들만 주워 먹으라고? 와, 이러면 누가 힘을 보태주는데? 도둑놈 새끼들이네. 안 하고 말지, 시발!"

"이봐요, 이게 무슨 돈 벌러 온 것도 아니고 장소가 뭐가 중요합니까? 각자 정해진 위치에서 최선을 다해 빅 웨이브를 막으면 되죠. 당신 같은 사람이면 있어도 짐이 되겠네요. 빨리 꺼지는 게 낫겠군요."

"뭐야? 당신 나 알아? 당신이 뭔데 나한테 지랄이야? 당신 랭크가 뭔데? 나 D 랭크야. 어디 가서 무시당할 그럴 위치 아니라고, 알아?"

"랭크가 밥 먹여주나 보네, 푸하하하! 후아, 똥이 무서워서 피하나, 더러워서 피하지. 수고하쇼."

"야, 야 이 새끼야!"

싸움이 붙을 뻔했지만, 대화의 상대가 되었던 남자가 빠르게 현장에서 사라진 덕분에 더 험한 꼴은 일어나지 않았다. 순식간에 모습이 사라진 것으로 봐서는 블링크(Blink) 같은 단거리 이동 능력을 기술로 보유하고 있는 사람인 것 같았다.

시비를 건 사람이나 반응한 사람이나 둘 다 똑같아 보였다. 동원은 다시 시선을 지도로 돌렸다. 확실히 스피어에 대한 기대감으로 서울 스퀘어를 찾았을 스피어러들에게는 불평불만이 나올 만한 구조였다.

하지만 빅 웨이브의 규모가 어느 정도인지, 상대하게 될 변이체와 네임드가 얼마나 강력한 힘을 보유하고 있는지 전혀 모르는 상태에서 속단은 금물이었다. 평범한 디펜스 정도로 생각하고 있기 때문에 사람들은 1차 방어선에서 대부분의 전투가 끝날 것이라 생각하고 있는 것이다.

하지만 동원의 생각은 좀 달랐다. 그냥 웨이브도 아니고, 스피어가 직접 빅 웨이브(Big Wave)라는 이름을 달고 통보할 정도라면 결코 만만치 않은 전투가 될 것이라는 게 동원의 생각이었다.

중심지면 더 많은 전투를 통해 경험을 쌓을 수 있으니 좋겠지만, 아니어도 상관은 없었다. 다만 아쉬움이 남기는 했다.

                    *   *   *

  안으로 들어서니 생각했던 것과 달리 신청을 위해 대기
중인 스피어러의 수는 그리 많지 않았다. 이미 등록 절차를
끝내고 위치를 배정받아 이동을 했거나, 아직 고민 중인 스
피어러가 많았기 때문이다.

  실제로 서울 스퀘어 앞을 채운 몇몇 인파들은 스피어러
가 아니라 취재를 나온 방송국의 사람들이거나 분위기 정
도만 둘러볼 요량으로 '놀러온' 스피어러들이 대부분이었
다.

  게다가 몇몇 사이비 종교 단체가 연합하여 '믿음의 행
진'이라는 정신 나간 시위를 오늘 자로 계획하면서, 이 때
문에 서울역으로 오고 있는 신도들의 수가 꽤 됐다. 그러다
보니 동원은 바글바글할 것이라 예상했던 것과는 다른 풍
경에 마른침을 삼켰다.

  "디펜스 참가 신청을 위해 오셨습니까?"

  입구에 들어서자 깔끔하게 단발머리로 스타일을 낸 여자
가 동원에게 물었다. 동원은 조용히 고개를 끄덕였다.

  "2번 방으로 들어가시면 됩니다. 편하게 대화를 나누시
면 되니까요, 너무 긴장하지 않으셔도 돼요."

"고생 많으십니다."

"별말씀을요."

여자에게 친절하게 인사를 건넨 동원은 안내에 따라 2번 방으로 향했다. 그사이 2번 방의 입구를 가리고 있던 커튼이 젖혀지며 한 남자가 씩씩거리며 밖으로 나오고 있었다.

"뭐가 그리 잘났다고? 야, 너희들은 목숨이 뭐 두 개라서 잘 싸우고, 나는 하나라서 못 싸우냐? 다 해먹으라그래!"

남자는 화가 잔뜩 난 표정이었다.

"전투는 장난이 아닙니다, 김도형 씨. 괜한 시체 하나 늘리고 싶지는 않습니다. 좀 더 강해지셔야죠."

커튼 너머의 안쪽에서는 남자의 속을 확실하게 긁는 목소리가 들렸다. 꽤나 예의를 갖춰 정중하게 말하는 것 같지만, 자세히 뜯어보면 비웃는 뉘앙스가 확실하게 묻어나는 말이었다.

"……."

이야기가 왠지 피곤해질 것 같은 느낌. 동원은 담당자가 어떤 사람인지 궁금했다. 어쩌면 이 장소에 가온 클랜의 리더인 김혁수가 있을지도 모른다.

탁!

바로 그때.

2번방으로 들어서려던 동원의 어깨를 잡는 손길이 있었

다. 그 손길을 따라 여자에게서나 느낄 수 있을 법한 산뜻한 향기가 났다.

"여기서 또 만나네요?"

"아, 리더. 반갑게 누구 뒤를 그렇게 쫓아가나 했더니 이 사람이었어요?"

익숙한 두 사람의 목소리가 들렸다.

바로 블랙 헌터의 리더 서희와 그녀의 심복인 규현의 목소리였다.

"반갑군요."

"말은 반갑다고 하시지만, 영 반가워하지 않는 눈치인데요? 그러고 보니 저는 제 이름을 말씀드렸는데 저는 그쪽의 성함을 알지 못하네요. 괜찮으시다면……?"

"강동원입니다."

"네, 동원 씨. 감사해요. 괜찮으면 잠깐 다시 밖으로 나가실까요? 이미 얘기가 끝났으면 모르겠지만 아직 접수하지는 않으신 것 같으니까……."

"무슨 이야기입니까?"

"동원 씨의 마음에 들 만한 이야기라고 해두죠. 아마 관심이 있을 거예요. 여기서 대놓고 말하기는 조심스럽지만요."

서희가 운을 뗐다. 동원은 그녀가 어떤 속셈으로 이야기를 꺼낸 건가 싶었지만, 그녀의 말대로 흥미가 끌릴 만한 이야기일 것 같다는 생각은 들었다.

그녀에 대한 첫 인상이 좋지 않은 것은 사실이었다. 하지만 그녀는 분명 자신이 한 말의 무게를 알았고, 또 사과할 부분에 대해서는 확실하게 사과할 줄 아는 사람이기도 했다. 규현에 대한 인상이 상당히 나빠 서희에 대한 마이너스 요인이 있기는 했지만 말이다.

서희를 따라 접수 센터 밖으로 나온 동원은 살짝 인적이 드문 쪽에 자리를 잡았다. 여기저기 가건물들이 세워져 있어 사각지대는 많았다.

동원과 서희가 적당한 곳에 자리를 잡자 규현은 몇 걸음 뒤로 물러서서는 주변을 살폈다. 혹시나 이야기를 엿듣는 사람이 있을지도 모르기 때문이다.

"이번 빅 웨이브에 참여하기 위해 온 것 같았어요. 그렇지 않고서 여기까지 올 리가 없으니까. 저희도 마찬가지거든요."

"당신들, 아니 블랙 헌터는 따로 통제하는 포탈이 있지 않습니까?"

"있죠. 충분한 인원을 배치해 뒀어요. 아시다시피 메인 포탈보다 작은 중소형의 포탈들이 인기가 많잖아요. 웨이브에는 참여하면서 비교적 안전하게 대비할 수 있는 곳이니까. 그래서 지역 내 지원자가 많았어요. 충분하다 못해 많다 싶을 정도로요."

"우리 동네도 그렇던가요?"

"거기엔 저와 규현이를 제외한 대부분의 전력들이 배치 됐어요. 아침에 입수된 목록을 보니 테이머 같은 분도 하나 있더라구요? 아주 흥미로운 사람이었어요. 소속도 없던 데."

서희는 김윤미의 이야기를 하고 있었다. 자신에게 얘기 했던 대로 김윤미는 그쪽 포탈에서 웨이브를 막을 생각인 것 같아 보였다. 내심 그녀가 어떤 식으로 전투를 치를지 보고 싶었지만 나중에 기회가 닿으면 구경할 기회를 갖기 로 했다. 테이머, 동원으로서는 전혀 전투 방식이 예상되지 않는 분야이기도 했다.

"그나저나 어떤 이야기인지 듣고 싶군요."

"거두절미하고 본론만 말씀드릴게요. 먼저 오해할까 봐 미리 얘기를 드리는데, 원하지 않으면 거절해도 상관없어 요. 다만 승낙하면 좋을 것 같은 제안이죠."

"들어보죠."

"입구에 있던 지도를 보면 아시겠지만, 지금 1차 방어선 이라고 할 수 있는 부분은 가온 클랜에서 이미 자리를 잡은 상태에요. 먼저 하나 짚고 넘어가자면 저는 가온과 관련이 있는 건 사실이지만 그들의 기행을 옹호하는 사람은 아니에요. 단, 이게 스피어를 독식하려는 배치는 아니라는 거죠. 쉽게 말해서 가장 위험한 구역에 자기 클랜 사람들을 배치한 거예요."

"그렇게 볼 수 있겠죠. 저는 위치는 상관없습니다. 어디서 싸우든."

"원한다면 가온 클랜에게 배정된 구역 중 하나를 우리가 맡을 수 있어요. 1차 방어선이죠. 웨이브가 시작되면 가장 먼저 변이체들과 대면하게 될 최전방이기도 하구요. 가온과의 인맥 덕분에 확보할 수 있었던 자리죠."

"최전방이라고 하면?"

"여기예요."

서희가 스마트폰을 꺼낸 뒤 서울 스퀘어 일대의 지도가 그려진 사진을 보여주었다. 그러자 센터 입구에서 보았던 지도에서 가온 클랜이 배치된 것으로 표시되어 있던 자리에 'Black Hunter'라는 영문 표기가 적혀 있는 것이 보였다.

그녀의 말대로 최전방이었다. 포탈을 둘러싸고 있는 안개와의 거리가 10m도 채 되지 않는 장소였던 것이다.

"말 그대로군요. 바로 마주치게 될 장소인데."

"그렇죠. 이 구역들은 세분화가 되어 있고, 보통 한 구역에 세 명에서 네 명을 배정하죠. 여기서 동원 씨가 거절을 하면 우리는 한 사람을 부를 거예요. 그렇지 않으면 동원 씨의 이름으로 채워 넣고요."

"왜 내게 이런 배려를 하는 거죠?"

"글쎄요? 이게 배려일까요? 가장 죽기 좋은 뫼자리이기도 한데요? 스피어러들은 대단히 큰 착각을 하고 있어요. 이건 가온이 독식하려고 만든 자리가 아니에요. 가장 죽기 좋은 곳에 터를 잡은 거죠. 과연 희생자가 단 한 명도 발생하지 않고 가온이 모든 스피어를 1차 방어선에서 회수하고 독식할까요? 전 아니라고 봐요. 단, 동원 씨는 전투에 흥미가 있어 보이거든요. 소질도 아주 충분하고요. 그래서 제안을 하는 거예요. 결정은 동원 씨의 몫이고 강제는 없어요."

서희의 제안은 확실히 흥미로운 것이었다. 스피어에 대한 기대감 때문이기도 했고, 동시에 많은 변이체들을 상대할 수 있는 장소라는 점도 흥미를 동하게 했다.

"저는 죽기 좋은 장소를 안내하고 있는 거예요, 동원 씨. 저와 규현이는 리스크를 감수하고라도 더 좋은 보상을 얻을까 싶어 서울로 올라온 거예요."

서희의 말이 맞았다. 빅 웨이브라는 이름까지 달고 경고가 된 마당에 구축된 1차 방어선 하나만으로 변이체들의 공격이 다 막힐 것이라는 생각이 더 현실성이 떨어졌다.

그렇다면 정말 가온은 대의를 위해서 자신들이 희생할 생각으로 저런 배치를 한 걸까? 그것까지는 알 수 없었다. 다만 동원의 생각에는 두 가지 판단이 모두 공존하고 있을 것이라 보였다. 서희가 말했던 것처럼.

"그럼 합류하죠."

"저희 클랜에 가입하시겠어요? 아니면 단순 협력?"

"후자로 하죠. 소속 클랜이 중요한 건 아니라고 생각하니까요."

"흐음, 아쉽네요. 동원 씨의 실력 정도면 클랜에 소속되면 더 많은 빛을 볼 것 같은데요. 동원 씨는 랭크가 어떻게 되죠? D랭크 중반 정도는 될 것 같은데. 그렇죠?"

서희는 의심할 여지없이 동원이 자신과 비슷하거나 혹은 높을 것이라 생각하고 있었다. 서희가 현재 'D02' 이었기 때문이다.

"E랭크입니다. 이제 세 번째 회차를 진행할 차례죠."

"거짓말하지 말아요. 그 실력이 어떻게 E랭크예요?"

서희가 진지하게 되물었다. 예의상 하는 말이 아니라, 정말 말도 안 된다고 여겼기 때문에 되묻는 것이었다.

노인 변이체와의 전투. 서희는 그때 동원이 보인 움직임을 기억하고 있었다. 예고 없이 갑작스럽게 펼쳐진 변이체의 산성 타액 공격을 동원은 어렵지 않게 피해냈고, 그대로 반격을 카운터로 날려 버렸다. 이런 움직임은 E랭크에 진입한 스피어러가 하기엔 쉽지 않은 것이었다.

우선 일반적으로 알려진 E랭크 초입의 스피어러들의 데이터만 놓고 봐도, 동원의 공격은 하나하나가 강력했고 움직임은 매우 빨랐다. 이 정도가 되려면 힘과 민첩 스탯에 상당한 투자가 진행되었어야 한다.

하지만 E랭크 초반으로서는 한계가 있는 것이다. 현실에서도 어떤 특정 클랜에 소속되어 집중적인 관리와 스피어 지원을 받은 것도 아닌데 저 정도라면? 둘 중에 하나다. 자신에게 랭크를 속이고 있거나, 아니면 하드 모드를 전부 클리어하고 올라왔거나.

한편 지금 각 클랜들이 막 관심을 시작한 것이 있는데, 바로 아직까지도 공개되지 않은 포탈에 대한 정보를 수집하는 것이었다.

이 가능성에 대해 오래전부터 생각하고 있었던 서희는 자신이 동원할 수 있는 모든 연락책과 정보원을 이용해 주인 없는 포탈을 찾고 있었다.

타깃은 인적이 거의 없는 산속 깊은 곳이나 무인도, 혹은 지하 갱도 같은 곳이었다. 아직까지는 소식이 없었지만 분명 존재할 가능성이 있는 장소였다.

하지만 백방으로 수소문을 하고 있는 자신도 그런 곳을

찾지 못한 판에 동원이 이런 장소를 통해서 스피어 지원을
받았을 가능성은 제로에 가까워 보였다.

"이 실력이 E랭크입니다."

"설마 하드 모드에 벌써 손을 댄 건가요?"

"노코멘트하죠."

동원이 어깨를 으쓱거렸다. 자랑은 체질이 아니다. 랭크
를 알려준 것은 그녀보다 자신의 랭크가 낮을 것이라는 확
신이 들어서였다. 자랑을 위해서는 아니었다.

"하아! 좋아요, 좋아. 그러면 동의한 거예요?"

"짐이 안 되게 노력하죠."

"우리가 짐이 안 되어야겠죠. 전 이미 동원 씨가 한 번 싸
우는 걸 봤어요. 이래저래 돌려서 말하지 않을게요. 솔직히
저는 동원 씨에게 흥미가 있어요. 저보다도 더 강한 스피어
러라는 확신이 들거든요. 숨겨진 원석 같은 사람… 그런 사
람이 동원 씨일 거라고 생각하고 있어요. 아직 클랜의 때가
묻지 않은 사람이죠."

"칭찬으로 들을게요."

"그럼 이게 칭찬이지 뭐겠어요? 아무튼 지금은 생각이
없는 것 같으니까, 전략적 협력! 이 정도로 해두죠. 그럼 부
담은 없겠죠?"

"그렇게 하죠. 대신 이것 하나는 확실하게 말씀드리죠.

짐이 될 일은 없을 겁니다."

"피차 마찬가지예요. 짐 되려고 같이하자는 건 아니거든
요. 규현아."

"예?"

"다시 사과드려야지. 그날 네가 했던 말들에 대한 사과가
없었잖아? 이제 같이 움직이게 될 텐데."

"그게 무슨… 아, 윽……!"

"규현아?"

서희의 말에 발끈하려던 규현은 매섭게 자신을 노려보는
서희의 눈빛을 보고는 이내 그 감정을 접었다. 다른 사람
말은 몰라도 서희의 말은 충실히 따르는 그였다.

"아, 알고 있어요. 동원 씨, 그날은 죄송하게 됐습니다.
사과드리죠."

"아까 했던 말도 사과드려야지. 이 사람이라니?"

"그것도 사과드립니다. 제가 원래 말버릇이 고약해서 말
이죠. 하지만 앞으로 그럴 일은 없을 겁니다. 리더가 중요
하게 생각하는 분이면, 그래야겠죠."

규현이 꼬리를 내렸다. 반은 진심, 반은 강요에 의한 것
같아 보였지만 동원도 크게 의미를 두진 않았다. 친해질 만
한 사람이라면 친해지면 될 것이고, 아니라면 상종하지 않
으면 그만이다.

동원 자신이 아쉬울 게 없는 만큼, 굳이 규현에게 잘 보이고 싶지는 않았다. 물론 함께 싸울 동료로서 100% 이상의 실력 발휘는 하고 싶었지만 말이다.

등록 절차는 빠르게 이뤄졌다.

서희가 등록 신청을 하자 별도의 면접이나 확인 절차 없이 바로 등록이 끝난 것이다. 참여자 명단에는 서희와 동원, 규현의 이름이 채워졌다.

그렇게 신속히 등록 절차가 끝나고 나자 센터 안에 상주하고 있던 안내인이 일행을 깊숙한 곳에 있는 별도의 방으로로 안내했다. 다른 스피어러들처럼 번호가 적힌 방이 아닌, 조금 특별한 방이었다.

"오, 서희 씨? 반갑습니다. 와주서서 감사합니다."

문이 열리고 동원 일행이 안으로 들어서자 한 남자가 반갑게 서희를 맞이했다. 그는 먼저 악수를 청했고 서희는 공손히 그의 손을 맞잡았다.

그리고 서희가 자연스레 인사와 함께 그의 이름을 불렀다.

"반가워요, 혁수 씨."

남자의 이름은 김혁수.

현재 대한민국 1위 클랜, 가온의 리더였다.

"나머지 두 분은……?"

"아, 두 사람 모두 초면일 거예요. 이 친구는 규현이에요. 저희 클랜의 부리더죠."

"부려지는 부리더, 조규현입니다. 반갑습니다."

"개그 센스에 박수를 쳐드려야겠군요. 반갑습니다, 조규현 씨. 김혁수입니다."

"성함은 알고 있습니다. 모르면 스피어러가 아니죠."

"하하하, 그렇습니까? 좋은 쪽으로든 나쁜 쪽으로든 많이 알려져 있는 것은 사실일 테니."

"좋은 쪽으로입니다, 후후."

규현이 김혁수를 대하는 태도는 그야말로 전형적인 아부에 가까웠다. 규현을 탓할 일은 아니다. 리더인 서희의 체면도 있고, 지금으로서는 김혁수가 자신들을 배려해 주고 있는 상황이기 때문에 치켜세워 줄 필요가 있었다.

"이분은?"

김혁수가 동원을 바라보았다. 자신에게 호의적인 자세로 일관하고 있는 서희와 규현과 달리, 동원은 아주 약간의 미소만 머금은 채로 자신을 보고 있었다. 보통 대다수의 스피어러들이 김혁수를 만나기만 하더라도 바짝 긴장하게 마련이다. 그만큼 그가 고위 랭커임과 동시에 엄청난 영향력을 가진 클랜의 리더였기 때문이다.

하지만 눈앞의 남자는 별다른 기색 없이, 조용히 자신을 응시하고 있었다.

"강동원 씨예요. 이번에 저희와 함께 빅 웨이브 디펜스에 참여하실 분이에요."

"오……! 서희 씨가 용병으로 섭외한 분입니까?"

"그렇게 됐어요. 섭외라기보다 제가 직접 요청해서 모셔 온 거죠. 실력은 확실한 분이에요."

자신을 포장해 주는 서희의 말에 동원은 고마움을 느끼면서도 한편으로는 낯간지러움도 느꼈다. 동원은 굳이 김혁수 앞에서 자신을 애써 포장하고 싶지는 않았다.

"강동원입니다."

"김혁수입니다. 서희 씨가 모신 분이면 든든한 분이겠군요. 아무래도 서울 스퀘어는 격전이 예상되는 곳이라서 말이죠. 정말 위험할 겁니다."

"각오는 되어 있어요. 혁수 씨도 전방에서 싸우는 마당에 저희가 힘을 안 보탤 수 있나요?"

"서희 씨 같은 분과 진작 인연이 닿았더라면 아마 서희 씨와 사귀었을 겁니다. 이런 분이 왜 임자가 없는지 모르겠습니다, 하하하."

"약혼자까지 있으신 마당에 실례가 아닌가요? 호호호, 칭찬으로 들을게요."

"당연히 칭찬이죠. 아, 물론 제 약혼녀에게는 비밀입니다. 그냥 그랬었을 것이다··· 라는 가정이죠. 후후."

서희를 바라보는 김혁수의 표정은 사심이 잔뜩 들어간 모습이었다.

동원은 서희가 김혁수를 대하는 태도를 보고 어렴풋이 짐작할 수 있었다. 그녀는 어디가도 꿇리지 않을 예쁜 얼굴과 글래머러스한 몸매, 그리고 특유의 색기를 가지고 있었다.

서희와 김혁수 사이에 친분 외에 어떤 관계가 있는지는 몰라도, 분명 서희는 자신의 이런 매력들을 이용해 김혁수로부터 필요한 것들을 얻어내고 있는 것 같았다. 여자이기에 할 수 있는 수완(手腕)이자, 영악한 행동이기도 했다.

"동원 씨는 실례지만··· 랭크가?"

"E랭크입니다."

랭크를 묻는 김혁수의 질문에 동원이 지체 없이 답했다. 스피어러 대다수가 초면에 가장 많이 묻는 질문이기도 했다.

"E랭크라··· 퍼스트 스피어러가 아니신 겁니까?"

퍼스트 스피어러.

쉽게 말하자면 포탈이 생기던 그날에 스피어와 링크된 사람들을 뜻했다. 초창기에 많은 스피어러들이 죽어나갔고, 지금도 그 수가 계속 줄어들고 있는 것이 퍼스트 스피어러들이었다.

첫날에 스피어에 링크됐으니 가장 랭크가 높은 사람들이기도 했다. 김혁수 역시 D랭크였다.

"랭크가 다른 스피어러들에 높지는 않지만, 이번 전투에 최선을 다해 힘을 보탤 생각입니다."

동원은 김혁수가 자신의 랭크에 대한 이야기를 듣고 살짝 고민에 잠긴 표정이 어느 정도 이해가 갔다. 그가 자신의 실력을 판단할 방법은 지금으로선 랭크밖에 없기 때문이다.

"혁수 씨, 실력은 제가 보장할게요. 랭크가 절대적으로 중요한 부분은 아니니까요."

"맞아요. 중요하진 않죠. 하지만 얼마나 죽을 가능성이 높아지느냐의 차이는 있습니다. 저희 가온은 가온의 구성원뿐만이 아니라, 다른 스피어러들도 함께 살아남기를 바랍니다. 특히나 퍼스트 스피어러들은 귀중한 재산이죠. 그들이 죽어나갈수록 해당 국가에 소속된 스피어러들의 평균치가 하향되는 겁니다. 개죽음은 있어서는 안 되죠."

김혁수의 말에서는 동원의 죽음을 암시하는 듯, 살짝 무시하는 듯한 뉘앙스가 풍겨났다. 하지만 그의 사고는 지극히 정상적이다. 김혁수와 자신은 서로에 대해서 잘 알지 못한다. 당연한 반응이다. 동원은 입가에 미소를 머금은 채 차분히 답했다.

　동원과의 첫 만남을 기억하는 서희와 규현은 혹시나 김혁수의 발언에 동원이 반응을 하지 않을까 싶어 눈치를 살폈지만, 동원은 오히려 차분하게 김혁수를 대했다.

　동원은 이 자리가 얼마나 중요한지 알고 있었다. 어쨌든 서희가 노력해서 만든 자리였고, 김혁수 역시 서희를 배려해서 만든 자리였다. 그가 자신을 이해해 주길 바라기보다는 실력으로 증명해 주면 되는 것이다.

　"걱정하지 않으셔도 됩니다. 만들어주신 자리의 의미는 잘 알고 있습니다."

　"도전 정신은 박수 받아 마땅한 일이지만 조심하시길 바랍니다. 필요하면 언제든 지원을 요청하셔도 되니까 말이죠."

　"알겠습니다. 배려에 감사드립니다."

　"배려라고 할 것까지 있나요. 어쨌든 다시 한 번 반갑습니다, 동원 씨."

　김혁수가 악수를 청하고, 동원이 그의 손을 맞잡았다.

　마주보는 서로의 시선 속에서 묘한 신경전이 오고 갔다. 동시에 맞잡은 두 손에서도 아주 잠깐이나마 힘싸움이 있었다.

"그럼 저희는 배정받은 건물에서 준비를 할게요. 중간중간 계속 뵈어요, 혁수 씨."

"그렇게 하죠. 필요한 지원이 있으면 언제든지 말씀하십시오."

"네, 감사해요."

동원과 김혁수의 첫 만남은 그렇게 끝이 났다.

동원은 김혁수라는 사람에게 호기심이 드는 한편, 그가 자신에게 가지고 있을지도 모르는 기우를 털어낼 수 있도록 이번 웨이브에 전력을 다할 생각이었다.

그의 마음에 들고 싶어서가 아니었다. 스스로에게 증명하고 싶었던 것이다. 자신만의 생각과 판단으로 기본부터 탄탄하게 쌓아 올려온 자신의 실력이 랭크를 중심으로 육성해 온 그들과 비교해서 절대 부족하지 않음을 말이다.

김혁수가 있는 클랜은 명실상부한 1위 클랜이고, 그는 누구보다도 더 앞서 나가고 있는 능력 있는 랭커였다. 직접 그를 대면하고 나니 동원은 더욱 경쟁심이 자극됐다.

그는 힘과 권력, 명예 모든 것을 가진 사람이다. 이번 빅 웨이브를 총괄할 정도의 힘을 가졌고, 이곳을 위임받을 만큼의 권력을 가졌으며, 모든 스피어러가 고개를 숙일 정도의 명예를 가졌다. 하물며 블랙 헌터의 리더인 서희도 김혁수 앞에서는 그의 비위를 맞춰주지 않던가?

그는 자신과는 다른 세계에 살고 있는 사람이었다. 그래서 더 무서운 사람이기도 했다.

"준비하죠. 스피어 입장 시간도 얼마 남지 않았으니까. 들어가면 새로운 소식을 알 수 있겠죠."

"…그래요."

무언가에 집중한 듯, 동원에게서 느껴지는 냉랭한 기운에 서희는 달리 말을 잇지 않았다. 보통 같았으면 투덜거리거나 동원의 말에 꼬투리라도 살짝 잡았을 규현도 심상치 않은 분위기에 입을 닫았다.

동원에게서 느껴지는 특유의 아우라가 있었기 때문이다. 감히 건드릴 수조차 없는 아주 냉랭하고도 딱딱하며, 위압적인 기운. 그 느낌을 서희와 규현은 동시에 느끼고 있었다.

제6장
준비

이틀의 시간이 지났다.

그리고 스피어에 총 두 번의 입장이 있었고, 동원은 그때마다 새로운 사실을 안내받았다. 동원과 비슷하게 두 번을 방문한 스피어러들은 모두 빅 웨이브에 대한 새로운 공지를 전해 들을 수 있었다.

첫째는 바로 스피어 루팅에 대한 것이었다. 빅 웨이브가 시작되기 전, 스피어에 입장한 스피어러들에게는 나흘 간 자동 루팅이라는 특별한 능력이 주어졌다.

원래대로라면 드랍된 스피어를 주워 보관하고 있다가 스

피어 안으로 들어가 포인트로 환산해야 했다. 하지만 빅 웨이브가 시작되기 이틀 전부터 빅 웨이브 이틀 후까지는 이런 과정이 사라지게 된 것이다.

그래서 스피어를 줍는 행위도 필요 없었다.

빅 웨이브에서 마주치게 된 변이체들을 상대해서 죽이는 순간, 해당 변이체에 들어간 데미지의 비율을 환산하여 연관된 사람들에게 자동으로 스피어가 분배되도록 했기 때문이다.

즉, 예를 들어서 2스피어의 값어치를 하는 변이체를 네 명의 사람이 각각 25%의 데미지를 입혀 제거했다고 가정해 보자. 그 경우 변이체가 죽는 순간 각각 0.5 스피어가 분배되고, 이 스피어들은 자동으로 스피어 내의 포인트로 적립되는 것이다.

빅 웨이브에 참여하기로 결정한 스피어러들 입장에서는 전투 외의 것을 생각할 필요가 없어지게 되었다. 더 많이, 더 치열하게 전투에 임하여 스피어를 벌어들이면 되는 것이다. 물론 죽지 않고.

둘째는 바로 메인 포탈과 각 지역의 포탈에서 등장할 네임드 변이체에 대한 정보였다. 네임드가 서울 스퀘어에서만 나타나는 것은 아니었다. 단, 메인 포탈이 아닌 다른 포탈에서 나타날 네임드는 상대적으로 난이도가 낮을 것으로 예상됐다.

하지만 서울 스퀘어의 메인 포탈에서 나타날 것으로 예측되는 네임드는 고전이 예상됐다. 그것은 각 국의 메인 포탈에 예고된 네임드들도 마찬가지여서, 모두가 잔뜩 긴장하고 있었다.

아수라(阿修羅).

스피어러들은 서울 스퀘어에서 나타날 네임드의 이름을 그렇게 불렀다. 스피어에서 정해준 공식 명칭이 없었기 때문에 유사한 형태의 이름을 가져다가 붙인 것이다.

스피어에서 설명해 준 것은 바로 네임드 '아수라'의 외형에 대한 정보와 특수한 능력 중 하나였다. 그 하나는 바로 분신술이었다.

본체는 하나로 존재하지만 자신을 복제해 스피어러들을 효과적으로 상대할 수 있게 하는 능력. 그 능력이 아수라에게 있었던 것이다.

동원을 포함한 많은 스피어러들이 이 분신술에 주목했다.

그리고 생각했다.

누군가가 총대를 메고 네임드를 상대하는 형태가 아니라, 서울 스퀘어에 있는 스피어러라면 모두가 이 네임드의 본신, 그리고 분신과 상대해야 하는 것임을.

시간은 빠르게 흘러 이틀이 지났다.

그리고 예고된 빅 웨이브의 시간이 1시간 앞으로 다가왔다.

[빅 웨이브까지 ㅁ:ㅁㅁ:ㅁㅁ 남았습니다.]

스피어러에게 링크된 스피어의 시간 표기가 통일됐다.

대기 시간, 절대 시간의 표기가 사라지고 빅 웨이브까지 남은 시간이 공통적으로 표시됐다.

전운이 감도는 서울 스퀘어 앞.

주변에 상주하고 있던 잡상인들이나 사이비 종교인, 일반인들은 일찌감치 종적을 감췄다. KTX 운행도 전날부터 멈췄고, 서울역 인근 상점들의 영업은 네 시간 전인 자정을 기해 끝났다.

현재 시각 새벽 네 시.

이제 새벽 다섯 시가 되면 빅 웨이브가 시작된다.

현실이 지옥이 되는 시간… 바로 그 시간이 찾아온 것이다.

―오빠, 생각을 매듭지었어요. 어차피 이제 저는 정상적으로 양궁 선수의 삶을 살 수는 없을 거예요. 그렇다면 본격적으로 스피어러로서의 삶을 살아야겠죠. 결정이 늦어서 오빠와 함께 있지는 못하지만… 제가 있는 이곳에서 열심히 싸우고 있을게요. 꼭 살아서 끝나고 커피 한잔해요.

이유리에게서 메시지가 온 것은 빅 웨이브를 40분 정도 남긴 시간이었다.

동원은 목소리가 아닌 글자에서 느껴지는 그녀의 감정에 입술을 질끈 깨물었다.

그동안 살아왔던 삶을 통째로 바꿔야 한다는 것. 그것은 쉬운 일이 아니다. 동원 역시 복서의 삶을 그만두고 파트타임으로 일하는 삶이 되었을 때, 얼마나 많은 시간들을 담배와 술로 보냈던가?

동원은 이번 빅 웨이브를 매듭짓는 대로 이유리의 마음을 달래줄 생각이었다. 이것은 남자 대 여자로서가 아니라, 외부의 요인에 의해 꿈을 접은 사람 대 사람으로서의 위로였다. 물론 그녀에 대해 가지고 있는 호감도 일부를 차지하고는 있을 것이다.

─그래, 꼭 한잔하자. 무리하지 마. 살아 있는 게 가장 큰 자산이야. 절대로 무리해서는 안 돼.

─알았어요, 오빠. 오빠도 꼭 무사해야 해요. 백번을 말해도 모자랄 말이지만, 그래도 무사해야만 해요.

─걱정 마.

─끝나는 대로 연락할게요.

그렇게 두어 번의 문자가 오가고 대화는 끝이 났다.

서로의 파이팅이 아닌 생존을 기원하는 말. 스피어러들

에게는 매우 익숙해진 말이었다. 실제로 자신의 곁에 있는 스피어러들이 갑자기 죽는 일이 허다했기 때문이다.

각자 입장 시간에 차이가 있는 A와 B라는 스피어러 둘이 있다고 가정하자. 만약 A가 스피어에 입장하게 되면 시간이 멈추게 된다. 두 사람 모두에게 말이다.

그 과정에서 A는 스피어 내에서 정해진 퀘스트를 수행하게 되고, 수행이 완료되고 나면 스피어 밖으로 나오게 된다. 그사이 새로이 무구를 착용했거나 외형상의 변화가 있었다면 당연히 적용된다.

A에게는 퀘스트 수행 시간이 흐른 뒤에 B를 만나는 셈이 되지만, B의 입장에서는 눈 한 번 깜빡이고 나니 눈앞에 있던 A의 모습과 외형이 바뀌는 형태가 되는 것이다.

때문에 A가 죽었을 경우에도 B의 시선으로 볼 때는 갑작스러운 일이 될 수밖에 없다. 눈 깜짝할 사이에 갑자기 가슴을 부여잡고 쓰러져, 심장마비로 즉사하기 때문이다.

그래서 친분이 있는 스피어러들 사이에는 스피어에 입장하기 전에 자신의 입장을 알려주고, 동원과 이유리처럼 무사귀환을 비는 인사를 주고받곤 했었다. 지금의 모습이 다시는 볼 수 없을 생전의 마지막 모습이 될 수도 있으니까.

드르르륵.

이유리와의 대화가 끝나자, 마치 기다리기라도 했다는

듯이 한 통의 전화가 걸려왔다. 황찬성이었다.

—형님!

"찬성아."

—서울 스퀘어라고 유리한테 들었어요. 죄송해요, 진작 연락드렸어야 했는데.

"너희는 어디로 간 거냐?"

동원이 물었다. 황찬성과 황찬열은 이미 가입한 클랜이 있었다. 규모가 큰 클랜은 아니었지만, 쌍둥이의 입맛에 맞아 들어간 곳인데 생각보다 괜찮은 스피어러들이 있는 곳이라고 했다.

다만 가온이나 블랙 헌터처럼 리더가 욕심을 많이 내는 그런 곳이 아니라서, 통제권 위임 같은 스피어 독식 체제 구축에는 관심이 없다고 했다.

—어디겠어요, 저희 동네죠. 이쪽은 또 인원이 부족해요. 저희 클랜원들 전부 때려 넣어서 겨우 머릿수만 채운 느낌이라니까요. 지원자가 있긴 했는데 기대는 크게 안 돼요. 형님은 괜찮으시겠어요? 서울 스퀘어 얘기가 진짜 많던데 걱정돼서 전화드렸어요. 제가 생각 없이 전화드린 건 아니죠?

"아직 시간은 많이 남았다."

동원이 답했다.

방금 전까지 계속 쉐도우 복싱을 반복하며 이미지 트레이닝을 하고 있던 동원이었지만, 지금은 편하게 푹 쉬고 있는 상태였다. 쉐도우 복싱이라고 해서 체력 소모가 없는 것이 아니라서 무턱대고 계속 몸만 푸는 것이 능사는 아니었던 것이다.

—저희는 이번 퀘스트에서 얻은 보상은 전부 물품 구매에 때려 박았어요. 형님이 전체 단체 퀘스트에서 썼던 그 중력 폭탄 있잖아요? 지금 그거에 기대를 많이 하고 있어요. 저희가 원거리에서 딜링을 하는 클랜원들이 좀 많거든요. 아니다, 아주 많아요.

"좋은 판단이네. 나도 그렇게 안배는 해뒀어. 여러 가지로 쓸모가 많은 폭탄이지."

—그렇죠? 그렇다니까요.

동원의 수중에도 다수의 중력 폭탄이 있었다. 황찬성이 그런 것처럼, 동원 역시 이전 퀘스트에서 얻은 모든 스피어 보상을 전부 필요한 물건을 구매하는 데 사용한 상태였다.

먼저 심플 슈트를 두 벌 구매했다.

아쉽게도 심플 슈트는 두 벌 초과, 그러니까 세 벌 이상을 구매할 수 없었다. 구매하는 즉시 자동으로 착용이 되는데, 중복으로 착용이 허가되는 것이 두 벌이었던 것이다.

이것은 시스템적으로도 옳은 판단이었는데, 심플 슈트만

수백 벌을 구매해서 거의 무적에 가깝게 자신을 포장하도록 악용할 여지가 많기 때문이었다.

그다음에 중력 폭탄을 구매했다. 접근전을 하는 동원이나 검사인 규현의 입장에서는 크게 필요하지 않은 물건이지만, 동료인 서희에게는 꽤 필요한 물건이었기 때문이다.

그녀는 원거리에서 공격이 가능한 마법 능력을 소유하고 있었다. 이유리의 활, 쌍둥이 형제의 체술, 김윤미의 테이머 능력을 본 동원이었지만 마법은 처음이었다.

존재하는 것은 알고 있었지만, 직접 접한 것은 서희가 처음이었다. 마법이라는 이미지가 그러하듯 그녀는 최대한 적과 멀리 떨어진 상태에서 안정적으로 공격을 전개하는 것이 중요했다. 그래서 동원은 전략적으로 그녀를 보조하고, 더 나아가 주변 구역에 있는 스피어러들과도 연계할 생각으로 중력 폭탄을 구비했다.

회복 포션도 넉넉하게 구매했다.

체력 손실량의 25%를 단계적으로 회복시켜 주는 1스피어짜리 회복 포션, 50%를 단계적으로 회복시켜 주는 5스피어짜리 회복 포션, 25%를 즉각적으로 회복시켜 주는 10스피어짜리 회복 포션, 그리고 50%를 즉각적으로 회복시켜 주는 20스피어짜리 회복 포션까지 다양하게 구매했다.

개수가 가장 많은 것은 역시 1스피어짜리 기본 회복 포션이었지만, 남은 포션들도 결정적인 상황에 즉각적으로 쓸 수 있도록 준비해 둔 것이다.

포션이나 중력 폭탄은 각 스피어러들에게 연계된 특별 공간에 보관되어 있었는데, 스피어 내에서 그랬던 것처럼 직관적으로 떠올리는 것만으로도 바로 손에 움켜쥘 수 있도록 구축되어 있었다.

다만 포션의 경우에는 내용물을 남김없이 마셔야 했는데, 그래서 전투 중에 포션이 필요해질 경우 타이밍을 잘 재가면서 포션을 섭취해야 했다. 섭취량에 손실이 생기면 그만큼 회복량도 떨어지게 된다.

맛은 나쁘지 않았다. 단맛과 떫은맛이 반 정도씩 섞인 체리 에이드 정도의 맛이라고 하면 적당하달까. 즐겨 마실 맛은 아니지만, 인상을 찌푸릴 맛 정도까지는 아니었다.

"살아서 만나자."

─형님만 살아계시면 저도 안 죽을 겁니다. 형님이야말로 무탈하셔야 합니다. 서울 스퀘어는 정말 많은 스피어러들이 걱정하고 있는 곳이에요. 형님, 정말 살아남으셔야 됩니다!

"걱정 마."

─끝나는 대로 연락드리겠습니다. 끝나고 나면 알콜 없는 칵테일로 한잔하시죠. 그리고 찬열이가 안부 전해달라

고 합니다, 형님!

"그러자. 찬열이도 잘 챙겨주고."

―예!

그렇게 황찬성과의 통화도 끝이 났다.

동원은 김윤미에게도 연락을 해볼까 했지만, 그녀는 왠지 지금도 전투 준비와 마인드 컨트롤이 한창일 것 같았다. 이럴 때는 괜한 연락이 방해가 될 수도 있고, 마음을 더 심란하게 만들 수도 있다.

동원은 다시 한 번 자신의 상태를 점검했다.

빅 웨이브가 공지되기 전까지 동원은 대부분의 스피어 포인트를 힘과 민첩 위주로 찍어왔다. 투자하는 스탯이 성장하면서 힘의 경우에는 현재는 스피어 포인트 3이 능력치 1로 환산되고 있었다. 민첩성의 경우에는 2가 능력치 1로 환산되는 식이었다.

T1 기술, 카운터의 경우에는 8레벨까지 키워둔 상태였다. 기본 기술이기도 하면서 동원이 가장 즐겨 쓰는 기술이기도 했다. 위력이 상당한데다가 사용 조건을 발동시키는 과정이 동원에게는 수월했기 때문이다.

카운터는 동원과 궁합이 가장 좋은 기술이었다. 회피 동작 이후의 데미지가 스킬 레벨에 따라 상승하는데, 그 데미지가 환산되는 계수가 바로 힘에서 기인하기 때문이다.

힘은 동원이 중점적으로 찍어온 스탯이기도 했다. 수치가 상승하면서 그만큼 소모되는 스피어 값이 늘어났지만, 아직까지는 변환 비율이 충분히 합리적이라 판단되는 수준이었다.

T2 기술, 동원은 이 기술의 이름을 디펜시브(Defensive)라고 불렀다. 이 기술 역시 공수를 반복하는 동원의 스타일과 궁합이 좋았다. 다만 데미지 감소이지 삭제가 아니기 때문에 상대의 강력한 일격은 이 기술로 막아내기보다는 피할 생각을 해야 했다.

퀘스트를 수행하면서 시행착오를 반복하며 점점 최적의 타이밍을 찾아가고 있는 중이었고, 이제 많이 익숙해진 상태였다.

* * *

15분 앞으로 다가온 시간.

규현은 어둠 속에서 계속 검을 휘둘러 가며 감각을 유지하고 있었고, 서희는 배정된 구역의 한쪽에서 계속 마법을 캐스팅하며 몸을 예열시키고 있었다.

서희의 마법은 동원이 가지고 있는 기술처럼 주 마법이 2개였고, 랭크에 맞게 개방된 보조 마법이 있었다.

보조 마법은 스스로를 보조하는 것이었다. 서희의 마법 능력을 10% 향상시키는 보조성 강화 마법이었다.

다수의 변이체들이 나타날 것으로 예상되는 이번 웨이브에서는 보조 마법도 매우 쓸 만한 것이었다.

그리고 주 마법은 단번에 큰 타격을 입힐 수 있는 화염 계열의 마법, 가칭 파이어 볼과 다수의 적에게 불길을 통한 피해를 입힐 수 있는 가칭 파이어 월이었다.

서로가 각자 생각한 대로 준비하는 과정임을 알고 있었기에 동원 일행은 서로에게 아무 말도 하지 않았다. 하지만 계속해서 정신적인 교감은 하고 있었다. 이제 몸을 맞대고 싸워야 할 시간이 코앞으로 다가왔고, 호흡은 그 무엇보다 중요했다.

5분 전.

조용하다 못해 정적이 감돌았던 서울 스퀘어 앞이 웅성 거리기 시작했다.

"여러분, 우리가 물러날 곳은 없습니다. 이번 웨이브를 성공적으로 막아내고 더 큰 힘을 얻도록 합시다! 우리는 모두 할 수 있습니다. 그리고 살아남을 수 있습니다! 모두 준비합시다!"

"와아아아!"

김혁수의 선창(先唱)을 시작으로 스피어러들의 함성이
이어졌다.

방금 전까지 숨을 죽이고 저마다의 페이스 조절에 집중
하고 있던 것과는 전혀 다른 광경이었다.

그만큼 지금의 상황은 그 어느 누구도 경험해 본 적 없는
최초의 것이었다.

어느 누가 2015년 대한민국 땅덩어리 위에서 외계 생명
체의 공격을 막게 되리라고 생각했을까?

아무도 없을 것이다.

샤아아아아—

서울 스퀘어 앞의 포탈은 시간이 가까워지자, 더 강렬한
붉은 빛을 띠기 시작했다. 모든 스피어러들의 시선은 포탈
에 쏠려 있었고, 공격을 위한 타깃 설정 역시 모두가 포탈
에 집중되어 있었다.

도로를 가득 메운 스피어러들의 행렬은 저 멀리까지 이
어져 있었다.

전국의 통계를 봤을 때 서울 스퀘어에 집결해 있는 스피
어러들의 숫자가 가장 많았다. 하지만 대다수가 이 숫자로
도 부족할 가능성이 높다는 인식을 하고 있었다.

그래서 가온 클랜에서는 다른 포탈에서 조기에 웨이브가
종료될 경우, 서울 스퀘어 쪽으로 지원을 와달라는 호소문

과 비슷한 형식의 글을 남겨놓기도 했다. 유비무환이기 때문이다.

30초 전.

동원이 손목을 감싸고 있던 팔찌를 발동시켜 건틀릿으로 만들었다.

규현은 옆에서 검을 고쳐 쥔 채 웨이브가 시작되기를 기다리고 있었고, 서희는 일찌감치 예열 과정을 마치고 마법을 즉각적으로 발현할 준비를 마친 상태였다.

10초 전.

키야아아아아아아!

포탈 안에서 변이체들의 것으로 짐작되는 괴성이 들려왔다.

모든 스피어러가 일제히 긴장했다. 그리고 시간이 멈춘 것처럼 모두가 고정된 자세와 눈빛으로 포탈을 응시했다.

그 순간, 수많은 사람의 머릿속에서 만감이 교차했다. 신은 과연 그들의 편일 것인가 아니면 우리의 편일 것인가. 도대체 이 모든 전투는 왜, 무엇을 위해, 누구의 뜻으로 이뤄지고 있는 것일까.

지극히 원론적인 질문들이 머릿속에서 오고 갔다.

5초 전.

쿠웅! 쿠웅! 쿠웅!

포탈 안에서 느껴지는 거대한 지축의 울림이, 포탈을 빠져나와 스피어러가 딛고 있는 지면 위로 전해졌다.

화악!

그 순간, 포탈을 둘러싸고 있던 안개가 일순간에 사라졌다. 아마도 변이체들의 시야 확보를 위해서일 것이다.

3초 전.

키오오오오오!

드디어 포탈 입구에서 변이체 하나가 모습을 드러냈다. 악어와 유사한 얼굴을 하고 양팔이 거대한 집게로 이루어져 있으며, 두 다리로 직립 보행을 하는 정체불명의 괴생명체였다.

준비!

김혁수의 목소리가 들렸다.

그리고.

캬아아아아아아앗!

마치 저 멀리서부터 끝없이 밀려오기 시작하는 해일처럼 포탈을 통해 악어 변이체가 쏟아져 나오기 시작했다. 빅 웨이브의 시작이었다.

공격⋯⋯!

크아아아아아아아!

김혁수의 외침이 변이체들의 괴성에 묻혀 사라졌다.

그리고 전투가 시작됐다.

첫 전투는 바로 제1차 선발대인 악어 변이체들과의 전투였다.

제7장

네임드 아수라(Named Asura)

크와아아!

"하, 씨발… 진짜 웨이브네. 무슨 컨트롤 브이도 아니고, 이래도 되는 거야?"

규현이 욕지거리를 내뱉었다. 충분히 욕이 나올 만한 상황이었다. 거대한 포탈의 통로 사이에서 모습을 드러낸 악어 변이체들은 하나같이 특색 없이 똑같은 외모를 하고 있었다. 마치 공장에서 찍어낸 봉제 인형을 보는 느낌이었다.

입구에 모습을 드러낸 악어 변이체는 가장 먼저 가까이 보이는 스피어러들부터 공격하기 시작했다. 하지만 주변이

완벽하게 에워싼 형태로 되어 있는 것은 아니었다. 의도적으로 1차 방어선에서 2차 방어선으로 자연스럽게 변이체들이 빠져나가도록 만들어놓은 통로가 있었던 것이다.

이것은 1차 방어선에 위치한 스피어러들이 계속해서 쏟아져 나올 것이 분명한 변이체들을 전부 상대하게 되었을 때 예상되는 과도한 압박 때문이었다. 즉, 1차 방어선은 서울 스퀘어를 중심으로 C 자 형태로 둘러싸는 구조였다.

즉, 우측의 빈틈을 통해 변이체들이 다른 통로를 찾아 나갈 수 있었는데, 그다음에 더 큰 형태로 'ㄱ' 형태의 방어선이 구축되어 있었다. 그것이 2차 방어선인 것이다.

하지만 변이체들의 눈에 가장 먼저 띄는 것은 1차 방어선의 스피어러들이었고, 당연히 공격의 대부분이 이쪽으로 힘이 실렸다.

동원은 배정받은 구역의 좌측, 규현은 우측에 위치해 있었다. 서희는 뒤쪽에서 자리를 잡은 상태로 일찌감치 동원과 규현의 전방 5m 정도 되는 지점에 파이어 월을 이용해 불길을 잡아 놓았다.

변이체들이 두 사람을 노리기 위해서는 불길 위에서 싸워야 했기에 지속적인 데미지를 줄 수 있을 것이다.

쿠오오오!

"왔군."

눈앞에 나타난 악어 변이체의 모습에 동원이 입술을 질끈 깨물었다. 녀석들의 크기는 약 2m 정도로 동원의 키보다 15㎝ 정도 컸다. 양옆으로 쫙 찢어진 입으로는 날카로운 이빨이 보였고, 양팔은 게의 집게를 연상시키는 형태로 구축되어 있었다. 팔을 움직일 때마다 가위처럼 집게가 닫혔다 열리기를 반복했는데, 그 날카로움이 예사롭지 않아 보였다.

'하체는 별 볼 일 없어.'

동원이 빠르게 스캔한 악어 변이체의 약점은 하체였다. 육중한 상체와 거대한 머리에 비해 하체가 얇고 짧았다. 즉, 몸의 무게 중심이 균형적이지 못하다는 이야기다.

이럴 경우 공략법은 크게 두 방법으로 나뉜다. 아예 하체의 밸런스를 무너뜨리던가, 아니면 전투에 쓸 만한 부위인 상체를 넝마로 만들던가.

동원은 우선 탐색전을 치르며, 녀석들의 전투 능력을 점검해 보기로 했다.

으와아아아악!

바로 그때, 첫 번째 희생자가 발생했다. 개전한 지 불과 30초도 채 되지 않은 시각에 벌어진 희생이었다.

너무 의욕적으로 배정된 구역을 벗어나 변이체들 사이로 파고들었던 어느 스피어러의 최후였다. 그의 왼팔에는 완

장이 채워져 있지 않았던 것으로 봐서 가온 소속의 클랜원
은 아니었다.

그들은 자신들에게 배정된 구역을 벗어나지 않은 채, 싸
우기 좋은 방향으로 변이체들이 접근하길 차분히 기다리는
모습이었다.

카오!

악어 변이체가 오른팔을 내뻗었다. 그러자 부웅하는 소
리를 내며, 스치기만 해도 모든 것을 베어버릴 것만 같은
집게 팔이 동원의 머리 위를 스치고 지나갔다.

더킹(Ducking).

동원이 공격을 회피한 순간, 자동으로 카운터 기술이 활
성화됐다. 동원은 몸의 반동에 카운터의 힘을 실어 악어 변
이체의 턱 아래쪽을 그대로 올려쳤다.

뻐어억!

쿠웩!

다음 공격 1회를 18.5배의 위력으로 강화시켜 주며 5초
뒤에 재사용이 가능한 기술, 카운터의 위력은 대단했다.

아래턱을 그대로 가격당한 악어 변이체는 신음과 함께
그대로 몇 개의 이빨을 토해냈다. 보랏빛 피가 입을 타고
주르륵 흘러내렸다.

부웅!

의식적으로 빈틈을 한 번 더 주자 악어 변이체가 이번에
는 왼팔을 내뻗었다.

분명 힘이 잔뜩 실린 공격이었지만, 동원의 시야에선 대
응 가능한 공격이었다.

동원이 재차 공격을 피했다. 아직 카운터 스킬이 발동되
기 위한 대기 시간은 지나지 않은 상태. 동원은 로우 킥으
로 악어 변이체의 하체를 가격했다.

크켁!

확실히 약점이 있다. 워낙에 우람한 상체와 위협적인 양
팔 때문에 시선을 주지 않게 마련이지만, 특정 부분을 강화,
변형시키는 변이체답게 하체가 약점이었다.

동원은 비틀거리는 변이체의 가슴팍에 건틀릿을 꽂아 넣
었다. 외피는 거의 녹아 있었는데, 변이체가 자신에게 접근
해 오면서 불길을 지나왔기 때문이다.

서희가 만들어 낼 파이어 월의 불길은 강력한 것이었고,
충분히 이 녀석들의 외피를 녹여낼 수 있는 것이었다.

퍼억! 픽!

동원의 2연타에 변이체가 중심을 잡지 못하고 뒤로 물러
서기를 반복하다, 이내 불길 위로 이르게 되었다. 그러자
변이체의 입에서 돼지 멱따는 소리와 유사할 비명 소리가
터져 나왔다.

아무리 괴물이라고 해도 고통을 모르는 것은 아니었기에 반사적으로 몸을 앞으로 다시 빼며 동원을 향해 공격 모션을 취해온 것이다.

"그래 주면 고맙지."

제대로 타깃팅조차 되지 않은 공격을 피하는 것은 식은 죽 먹기보다도 쉬운 일. 동원이 몸을 오른쪽으로 빼내며 수월하게 공격을 피했다. 다시 활성화된 카운터. 동원은 집요하리만치 악어 변이체의 아래턱을 노렸다.

녀석은 불길에 휩싸인 자신의 피부의 고통을 감당해 내느라 동원의 반격을 예상조차 하지 못하고 있었다.

뻐어억!

제대로 들어갔다! 동원의 손끝 느낌이 그렇게 말해주고 있었다. 아니나 다를까, 허공으로 붕 떠오른 악어 변이체는 일찌감치 긴 혀를 힘없이 축 내민 채로 뒤로 나자빠졌다.

쿠웅!

"오……."

뒤에서 동원의 전투를 지켜봤던 서희가 자신도 모르게 탄성을 터뜨렸다. 악어 변이체를 쓰러뜨리는 데 필요했던 공격은 총 3회였다. 카운터, 로우 킥, 카운터. 그것으로 승부가 났다.

스르르르륵— 샤아아—

숨이 끊어진 악어 변이체는 신속하게 시야에서 사라졌다. 그와 동시에 사라진 변이체의 자리에서 검은 빛의 반짝임이 생겨났다. 아마도 스피어의 자동 루팅 절차인 것 같았다. 순식간에 들어간 데미지의 비율에 맞게 분배된 검은 반짝임은 동원과 서희에게로 나뉘어져 자연스럽게 몸으로 흡수됐다.

"이런 식이었군."

한결 간편했다.

"그러네요."

동원의 말에 서희가 고개를 끄덕이며 말했다.

"뭐가 이렇게 여유로워요?"

푸욱! 꾸엑!

그러는 사이 규현의 검이 악어 변이체의 심장을 관통해 맥동하던 숨통을 끊었다. 일격이 성공적으로 들어갔나 싶었는데, 규현은 악어 변이체의 숨이 끊어진 것을 확인하고는 황급히 회복 포션을 들이켜는 모습이었다.

"왜?"

서희가 물었다.

"실수했어요. 크윽……! 씨발."

규현이 자신의 왼쪽 어깨를 눈짓으로 가리켰다. 잠깐의 교전 사이에 집게 공격에 당하고 만 것이다. 생각보다 단순

할 것이라 판단하고 너무 공격적으로 검로를 잡았던 것이 화근이 된 셈이었다.

즉각적으로 회복 포션을 섭취한 덕분에 상처는 빠르게 아물고 있었지만, 초전부터 피를 봤으니 기분이 유쾌할 리 없었다.

서희는 탐색전이었지만, 잠깐의 이 전투에서 규현과 동원의 차이점을 느낄 수 있었다. 반응속도가 확연하게 달랐다. 규현이 못한 것이 아니라, 동원이 잘한 것이다.

동원은 악어 변이체의 인체 구조가 필연적으로 가질 수밖에 없는 약점을 캐치하고, 자신보다 상대적으로 위에서 내리찍는 형태로 들어올 수밖에 없는 악어 변이체의 공격을 피했다. 그리고 약점이 될 아래턱을 가격한 뒤, 중심이 흔들리기 쉬운 하체를 공략했다.

그다음 자신이 만들어낸 파이어 월의 불길을 알맞게 활용했다. 뒤로 밀려난 악어 변이체는 고통을 견디지 못하고 앞으로 움직이며 다시 한 번 중심이 흐트러졌고, 이번에는 카운터가 혀와 아래턱 쪽을 제대로 '깨부수며' 단숨에 숨통을 끊어버린 것이다.

캬아!

당연히 이것으로 끝날 리 없었다. 동원을 상대한 악어 변이체가 사라지자마자 그 빈자리를 새로운 변이체가 채웠다. 외형은 똑같이 생겨 그놈이 그놈인 것 같아 보였지만, 동원은 이번에는 다른 방법으로 상대해 보기로 했다.

결국 변이체니 뭐니 해도 이런 인간 형태의 변이체라면 핵심이 되는 신체 부위는 심장과 머리였다. 아무리 강철로 된 외피, 혹은 갑옷을 두르고 있더라도 뚫려 버리면 숨통이 끊어지는 최적의 급소인 두 곳.

물론 그런 부위를 쉽게 허용할 리 없다. 하지만 빈틈을 내어주고 더 큰 빈틈을 노리는 방법이라면 통할 것이다.

"동원 씨, 규현이 쪽으로 힘을 실어줄게요!"

"상관없어요."

서희의 외침에 동원이 고개를 끄덕였다. 아직 웨이브는 시작도 안 한 마당에 부상은 치명적이다. D랭크 정도 되는 스피어러라면 가장 기본적인 실수는 하지 않을 것이라 생각했는데, 규현은 아쉬운 점을 노출하고 말았다.

첫 만남이 썩 유쾌하지 않았던 규현이지만, 그렇다고 해서 그가 죽길 바라거나 원망한 적은 없는 동원이었다. 지금은 힘을 합친 동료고, 규현이 100%의 컨디션으로 싸워주는 것이 같은 구역을 지키고 있는 동원에게도 큰 힘이 되는 것이다.

케에에에에!

"네 실력도 한 번 보자."

독기가 오른 악어 변이체는 자신을 향해 정면에서 쇄도해 들어오는 동원을 놓치지 않았다. 녀석의 날카로운 양 집게발이 그대로 동원의 머리를 노렸다. 단숨에 목을 움켜진 뒤, 썩은 무를 자르듯 머리를 분리하겠다는 심산이었다.

"너무 정직해."

지나친 자만인 걸까? 아니면 과거 복서의 삶을 살면서 쌓았던 수많은 실전과 스파링의 경험들이 남들과는 다른 특별한 자양분이 된 것일까?

예측대로 움직여 주는 변이체의 공격 패턴이 고마웠다. 동원은 양손의 건틀릿을 한데 모아 방벽을 만들어내는 한편, 동시에 디펜시브 기술을 활성화시켰다.

5레벨의 디펜시브는 사용 즉시, 2초 동안 상대의 공격으로 인해 발생한 데미지를 55% 감소시켜 준다. 재사용 대기 시간은 12.5초. 지속 시간을 고려하면 약 10초에 한 번 사용할 수 있는 기술이기도 했다.

티잉!

맹렬한 집게발의 공격이 동원의 양쪽 건틀릿에 막혔다. 충격이 전해졌지만, 방어 자세와 더불어 기술을 이용해 기존의 절반 수준으로 떨어진 공격은 충분히 견뎌낼 수 있는 수준이었다.

크악?

힘을 실은 일격이 무위로 돌아가자, 악어 변이체의 표정에 깊은 의문이 일었다. 나름 힘을 확실하게 준 일격이 상대에겐 별다른 카운터가 되지 않은 것 같아 보였던 것이다.

파앗!

공격을 막아내며 살짝 뒤로 물러섰던 동원이 두 발을 이용해 지면을 세게 박차며 그대로 허공으로 몸을 날렸다. 거대한 악어 변이체의 집게 팔은 아주 위협적인 살상 무기지만, 동시에 다음 동작으로 이어지는 것이 쉽지 않은 무기이기도 했다.

그 틈을 동원은 놓치지 않았고, 그대로 몸을 날렸다. 그리고 발을 뻗은 뒤 악어 변이체의 무릎을 발판 삼아 훌쩍 뛰어올라, 그대로 악어 변이체의 양어깨 위에 올라탔다.

"……?"

그 순간 근방에서 싸우던 스피어러들의 시선이 일제히 동원에게로 쏠렸다. 다들 자신만의 방법으로 싸우고는 있었지만, 이렇게 적극적으로 변이체들과 살을 '섞어' 가며 싸우는 사람은 없었기 때문이다.

우럭?

악어 변이체의 우악스런 큰 눈알이 동원을 응시했다. 그럴 수밖에 없었다. 자신의 어깨를 발판 삼아 주둥이 위에 걸터앉은 동원의 모습이 정상적으로 보일 리 없었다.

푸우욱!

구아아아아!

그 순간, 동원의 양손이 각각 악어 변이체의 눈알을 그대로 꿰뚫었다. 아무리 단단한 몸을 가졌다고 해도 약할 수밖에 없는 곳이 바로 눈이었다.

깊숙이 손가락을 집어넣은 동원은 상하좌우로 손을 휘저었다. 그러자 악어 변이체가 몸을 이리저리 비틀며 고통에 찬 괴성을 내질렀다.

방금 전까지 보이던 세상은 온통 검은 것으로 변해 있었다. 눈알 속에서는 말로 형언할 수 없는 극심한 통증이 느껴지고, 뻥 뚫려 버린 눈으로는 쉴 새 없이 피가 흘러내린다.

이미 악어 변이체는 제정신이 아니었다. 전의를 상실한 채 도망치려 했지만 어디가 출구인지조차 녀석은 판단하지 못했다.

동원은 여전히 어깨에 올라탄 상태였다. 비틀거리는 녀석의 주둥이를 한 손으로 움켜쥐어 중심을 잡은 뒤, 오른팔을 이용해 계속해서 머리 한가운데를 내려쳤다.

그러자 처음에는 점점 생채기가 나던 부분이 깊숙하게 파이기 시작했고, 이내 피가 쏟아져 나오며 속살이 모습을 드러냈다. 동원은 집요하게 같은 부위를 내려쳤다. 악어 변이체가 고통을 견디지 못하고 동원을 떨구어내기 직전까지.

가아아아아!

서울 스퀘어 전체가 떠나가라 악어 변이체가 신음을 토해냈다. 동료의 비명 소리에 영향이 있었는지, 여기저기서 움찔거리는 몇몇 변이체가 있었다.

동원은 악어 변이체의 머리 위에서 연속해서 공격을 가하며 자연스럽게 주변의 광경을 눈에 담을 수 있었다.

지옥(地獄).

이 말보다 더 잘 어울리는 말이 있을까. 지금 동원의 시야 안에서 보고 있는 변이체는 극히 일부에 불과했다. 이미 1차 방어선 쪽의 스피어러들은 저마다 악어 변이체를 연속해서 상대하고 있었고, 2차 방어선의 스피어러들도 교전이 시작되고 있었다.

이쪽의 희생자는 아직까지 확인된 것이 하나뿐이었지만, 이미 저 멀리서는 허공을 날아다니고 있는 스피어러 여럿이 있었다. 그리고 변이체들에 의해 잘려지고 찢겨져 나간 주인을 잃은 신체 부위가 보였다. 그중에는 황급히 어디론가 도망가는 스피어러들도 있었다. 개전과 동시에 전의를 상실한 것이다.

쿠웅!

쇼크의 연속을 견뎌내지 못한 악어 변이체가 쓰러졌다. 자연스럽게 스피어가 동원에게로 루팅되어 흡수됐다.

가아아! 그아아!

"신속하군."

하나가 사라지기가 무섭게 이번에는 둘이 모습을 드러냈다. 녀석들은 동원이 연이어 두 명의 동족을 죽이는 것을 보고 잔뜩 화가 난 표정이었다.

퍼엉! 화르르르륵!

그아악!

그 빈틈을 타고 서희의 파이어 볼 공격이 이어졌다. 순식간에 날아든 거대한 불길은 우측에 있던 악어 변이체의 얼굴 전체를 불길에 휩싸이게 만들었다.

동원은 판단했다. 이미 얼굴이 불길에 휘말린 녀석이면 전투 능력은 현저하게 떨어진다. 좌측에 있는 녀석은 영향이 없고, 이 녀석을 메인으로 상대해야 한다.

부웅!

그러는 사이 대중없이 오른팔을 내뻗은 우측 변이체의 공격이 동원에게로 날아들었다. 동원은 재빨리 몸을 돌려 우측으로 피했다. 그리고 시계 방향으로 360도 회전을 하던 반동을 이용해 좌측의 악어 변이체를 단단한 건틀릿으로 마감되어 있는 손등으로 강하게 후려쳤다.

빠악!

우카!

회피 동작이 카운터를 발동시켰고, 그 힘은 고스란히 손
등에 실려 악어 변이체의 왼쪽 뺨을 시원하게 날렸다. 그러
자 녀석의 왼쪽 얼굴 방향으로 붙어 있던 날카로운 이빨들
이 옥수수알처럼 후두둑 떨어져 나갔다.

선택과 집중의 성공이었다. 우측에서의 회피 동작이 좌
측으로의 공격으로 이어질 것이라고 예상하지 못한 녀석은
그대로 빈틈을 내어줬고, 강력한 일격이 얼굴에 꽂혀 버린
녀석은 초점조차 제대로 잡히지 않는 고통 속에 비틀거렸
다.

"하앗!"

그러는 사이 규현이 합류했다. 마침 서희와 협공을 펼친
악어 변이체를 제거한 상황이었다. 저 멀리서 이쪽으로 향
하고 있는 변이체의 모습이 보였지만, 대응하기 위한 시간
은 아직 충분했다.

시이잉, 팟! 쇄애애애애액!

규현의 눈빛이 반짝이며 동시에 쥐고 있던 검에 푸른빛
이 돌았다. 그는 망설임 없이 비틀거리던 변이체의 목 한가
운데를 검을 이용해 횡으로 후려쳤다.

그러자 두부를 잘라내듯 시원하게 악어 변이체의 목이

몸에서 분리되어 떨어져 나갔다. 죽은 것이다. 얼굴 전체가 불덩이가 되어버린 악어 변이체의 운명도 크게 다를 것이 없어, 이어진 동원과 규현의 공격에 숨이 끊어지고 말았다.

"아니 무슨 일 대 이를…….”

규현이 어이없다는 표정으로 동원을 보았다.

하다못해 자신도 서희의 도움을 받아 악어 변이체를 처리한 마당에 동원은 두 놈을 상대로 효과적인 공격을 펼치고 있었다.

물론 그 전에 서희의 서포트가 있긴 했지만, 애초에 두 놈을 상대할 생각으로 서 있었다는 자체가 규현은 놀라웠다. 이 사람은 겁이 없는 걸까? 아니면 그저 게임처럼 지금을 즐기고 있는 걸까? 아니면… 그냥 미친 걸까?

종잡을 수 없었다. 가쁜 숨이 몰아쉬어지고 점점 몸 전체에 긴장이 바짝 들어가는 자신과 달리, 동원은 시간이 지날수록 오히려 차분해지고 편안해진 모습이었다.

"공격 패턴이 단조로워요. 저 팔이 모든 공격의 전부죠. 그리고 어깨가 살짝 아래로 굽어 있어 아래로 내려찍는 공격은 강력할지 몰라도 위로 공격하는 것이 약합니다. 아래로 향하는 공격도 수직 변환은 쉽지만 수평 변환은 육중한 몸을 회전시켜야 가능하고. 그래서 난타전에 약할 수밖에 없어요.”

"약 먹었어요? 긴장 좀 해봐요!"

"긴장은 계속하고 있어요. 다만 해볼 만하다는 생각을 할 뿐. 온다, 협공하죠."

"좋습니다!"

규현도 동원의 분전에 큰 감명을 받았는지 먼저 앞장서서 달려 나갔다. 서희는 어느새 사그라지고 있는 불길을 파이어 월 마법을 이용해 재점화시켰다. 지속적으로 광역 데미지를 가할 수 있는 파이어 월은 이런 대단위 전투에서 매우 중요한 것이었다.

동원 일행의 조합이 좋았다.

서희는 지속적으로 원거리에서 공격을 이어갈 수 있었고, 동원과 규현은 모두 강력한 일격으로 숨통을 끊을 한 방이 있는 근거리 전투 방식이었다.

몇 차례의 탐색을 통해 악어 변이체들의 정형화된 공격 패턴을 파악한 동원은 전략적으로 공격 패턴을 회피 조건 발동, 혹은 빈틈을 노릴 기회로 삼으며 알맞게 대응할 수 있었다.

*　　　*　　　*

첫 번째 웨이브, 악어 변이체들과의 전투는 시간이 흐르

면서 적응된 스피어러들의 우세로 변해 갔다. 전투 초반에
는 끝없이 밀려드는 변이체들의 인해전술로 인해 고전했지
만, 후반부에 이르니 웨이브로 유입되는 숫자가 줄어들며
소강상태에 들어갔다.

[다음 웨이브까지 ㅁㅁ:ㅁ5:ㅁㅁ 남았습니다.]

조금씩 나오던 악어 변이체들의 흐름이 완벽하게 멈추
자, 모든 스피어러의 스피어에 다음과 같은 표시가 새로이
갱신됐다.

"참 더럽게 친절하네요. 그렇죠?"

"뭘 새삼스럽게 그래? 그나저나 동원 씨, 한 번 더 사과할
게요. 사과받아요."

"무슨 사과를요?"

"동원 씨의 실력을 과소평가하고 있었어요, 제가. 적당히
잘 싸우는 사람인 줄 알았는데, 너무 잘 싸우는 사람인 거
예요. 그럼 제 잘못이잖아요? 원래 실력보다 낮게 평가했으
니."

"리더, 지금 그거 개그라고 한 거죠?"

"응, 근데 영 반응이 안 좋네."

동원의 표정에 별다른 변화가 없자, 내심 웃음과 함께 긴
장이 풀어지는 분위기를 기대했던 서희가 입술을 삐죽 내
밀었다.

"아, 이해했어요. 아직 갈 길이 멀어요. 첫 웨이브가 할 만했다고 다음 웨이브도 할 만하란 법은 없어요. 모든 스피어러가 공통으로 치렀던 단체 퀘스트를 기억하고 있잖아요."

동원은 자신이 때때로 방심할 만한 상황이 올 때면 늘 그때의 기억을 떠올렸다.

1초.

딱 1초 차이로 자신과 동료들의 목숨을 건질 수 있었던 그 전투. 당시의 몬스터 웨이브도 그러했다. 시간이 갈수록 점점 강해졌으며, 개체의 수도 증가했다. 종국에 이르러서는 아예 끝도 없이 펼쳐지는 공격으로 후퇴에 후퇴를 거듭해야 했던 것이다.

"알아요. 하지만 칭찬은 해주고 싶었거든요. 나는 실력 있는 사람을 존경해요. 그리고 동원 씨는 지금 제가 존경하고 싶은 사람이에요. 벌써 혼자서 잡은 악어 변이체들의 수만 해도……."

"스물셋."

동원은 숫자를 정확하게 기억하고 있었다. 순수하게 서희와 규현의 서포트 없이, 일대일로 때려잡은 악어 변이체의 숫자였다.

녀석들은 외형이 우락부락하고 큰 집게를 가지고 있어

위협적으로 느껴졌을 뿐, 시간이 지나 보니 사실상 샌드백이나 다름이 없었다. 적어도 동원에게는 그랬다.

하지만 서울 스퀘어 근처에는 이미 숨이 끊어진 스피어러들의 시신이 여럿 있었다. 물론 생존해 있는 스피어러들이 대다수였지만, 이 첫 번째 웨이브만으로도 희생자가 발생하고 만 것이다.

5분의 대기 시간.

그 시간 동안 죽은 사람들의 시신을 한데 옮기고 적어도 시신이 훼손되지 않게끔 후속 절차를 밟을 법도 하지만, 그 어느 누구도 그렇게 하지 않았다. 동원도 마찬가지였다.

지금 그런 행동들은 모두 사치였다. 5분의 시간은 살아남은 사람들의 입장에서는 '확실한 휴식'을 위해 쓰여야 할 시간이었다.

가온의 리더 김혁수 역시 서울 스퀘어 근방 전역에 연결되어 있는 야외 스피커를 이용해 오로지 휴식에만 집중해 달라는 메시지를 계속해서 전달하는 중이었다.

죽은 스피어러들의 목숨은 하찮은 것이 아니다. 하지만 그들은 이미 죽었고, 다시 살아서 움직일 수 없다. 1,000스피어를 소진해 1회 구매할 수 있는 부활 스탯을 구매하지 않았다면 말이다.

아직까지 단번에, 그것도 목숨을 하나 더 연장할 요량으로 1000스피어를 쓰는 것은 어려운 일이었다. 타이트하게 스피어를 벌어왔던 동원도 하지 못한 일이었다.

1000스피어면 수많은 무기와 폭탄, 포션을 포함한 스탯에 투자할 수 있다. 그것들을 목숨 1회와 바꾼다는 것은 쉬운 일이 아니었다. 그 어느 누구도 자신이 다음의 퀘스트, 혹은 전장에서 죽을 것이라 생각하진 않는다.

게다가 죽게 되면 부활하는 순간 랭크가 초기화되고 모든 것을 처음부터 시작해야 했다. 그러니 아예 죽음에 대한 생각은 지워 버리게 되는 것이다.

덕분에 희생된 스피어러 중에서 다시 부활한 사람은 단한 명도 없었다. 모두 싸늘한 주검이 된 것이다.

동원은 휴식을 취하며 전투 도중에 계속해서 눈에 들어왔던 김혁수의 전투를 떠올리고 있었다.

김혁수는 두 손으로 움켜쥐었을 때 좀 더 자유롭게 사용할 수 있는 바스타드 소드(Bastard Sword)를 쓰고 있었다.

그는 신속하게 다단 히트 형식의 공격을 펼치는 규현과 달리, 일격필살에 가까운 단발성의 위력적 일격을 가하는 검술을 사용했다.

몸의 움직임은 신속했고, 검의 공격은 묵직했다. 그의 검이 움직이는 선을 따라 닿는 그 모든 것들이 베어져 나갔다.

김혁수와 대적한 악어 변이체들은 몸 상태가 성치 못했
다.

그가 펼치는 공격에 노출될 때마다 사정없이 몸의 여기
저기가 잘려 나갔기 때문이다.

웨이브가 마무리 단계로 접어들기 전, 김혁수는 아예 변
이체들 한가운데로 뛰어들었다. 그리고 낮게 검을 돌려 단
숨에 넷이 넘는 변이체들의 발목을 한 번에 베어냈다. 그때
는 주변 스피어러들이 일제히 탄성을 내질렀을 정도였다.

그는 1위 클랜의 리더였고, 당연히 많은 스피어러의 시선
을 받고 있었다. 어쩌면 그래서 더 힘을 내어 싸우고 있을
지도 모른다.

동원은 첫 번째 웨이브를 충분히 성공적이었던 전투로
자평하고 있었다. 누군가에게 자신이 싸우는 모습을 보여
주고, 감탄사나 칭찬을 받고 싶은 생각은 없었다.

이곳은 슈퍼스타를 뽑는 오디션 장소가 아니다.

살아남았을 때, 그 모든 값어치를 인정받을 수 있는 지옥
의 전장이니까.

시간은 쏜살같이 흘러 5분이 지났다.

정말 이제 좀 숨을 돌릴 만하니 휴식의 끝이었다.

이내 스피어의 시간 표기가 사라지고 검은 화면으로 바
뀐 그 순간.

키헤에에엑!

입구에 익숙하고도 정겨운 모습의 변이체가 모습을 드러냈다.

"후후, 찬열이가 비명을 지르겠군."

동원은 자신도 모르게 피식 웃음을 터뜨렸다.

두 번째 웨이브는 바로 인간형으로 변형된 거미 변이체와의 전투였다.

─아, 씨발 또 거미야! 아아아악!

어디선가 찬열의 비명이 들리는 것만 같다.

제8장
맹공

"이제 손은 확실하게 풀었으니 제대로 싸워볼까."

"동원 씨, 그게 무슨 소리예요?"

"전력을 다해 싸우겠다는 이야기죠."

"그럼 지금까지는요?"

"아직까진 전력을 다하진 않았습니다. 이제부터 힘을 내 봐야죠."

"농담이죠?"

"아닙니다."

거미 변이체들의 공격이 거세지기 시작하면서, 동원도

체력 안배 차원에서 다소 방어적으로 가져갔던 공격 패턴에 변화를 주었다.

거미 변이체들은 당초 동원이 예전에 만났었던 곤충의 변이 형태가 아닌, 앞서 상대한 악어 변이체와 유사한 구조였다. 거미의 여덟 개 다리 중, 네 개의 다리가 양손과 양다리의 역할을 했다. 그리고 등 쪽에서 뻗어져 나온 네 개의 다리가 'ｘ'자 형태로 펼쳐진 상태에서 앞으로 굽어지며 공격을 하는 형태였는데, 그 끝이 날카로운 송곳 같아 위험했다.

하지만 악어 변이체들과는 달리 맷집이 상당히 약했다. 등 부분은 단단한 외피로 메워져 있어 공격에도 끄떡없었지만, 문제는 상대적으로 연한 살점으로 이루어진 앞부분이었다. 약점이 가장 잘 보이는 곳에 노출되어 있었던 것이다.

동원은 거미 변이체와의 탐색전에서 약점을 빠르게 캐치했다. 이번 웨이브의 문제는 거미 변이체 각각의 전투 능력보다는 그 숫자였다.

그래서 전력을 다한 난타전으로 가닥을 잡았다. 악어 변이체들보다 훨씬 수월하게 제거할 수 있을 거라는 견적이 나왔기 때문이다.

그 생각은 규현이나 서희도 비슷해서, 다들 같은 생각으로 적극적인 공세 전환을 하는 중이었다.

지난 시간 동안 동원은 다양한 스탯 중에서도 힘과 민첩에 거의 대다수를 '몰빵' 하다 시피한 분배를 해왔다.

물리적 방어력과 항마력에는 스탯 투자를 거의 하지 않았는데, 그것은 선택적인 집중을 위한 동원의 안배였다.

자신의 특성상 만약 마법을 쓰는 상대가 나온다면 항마력이 높다고 하더라도 불리할 수밖에 없었다.

기본적으로 마법은 원거리에서 구사를 하는 것이고, 동원 자신의 공격 방식은 접근전을 기반으로 하기 때문이다. 그래서 항마력에는 투자하지 않았다.

물리적 방어력도 마찬가지였다. 방어 기술은 이미 디펜시브라는 이름으로 존재했다. 묵묵히 데미지를 받아내는 탱킹보다는 피하면서 치고 빠지는 식의 공격을 즐기는 동원이었기 때문에, 방어력의 효용성은 크게 떨어졌다.

그 대신 힘과 민첩성의 활용도는 상당했다. 그래서 동원의 일격은 한 번 한 번이 매우 무서웠고, 그것이 카운터로 발현이 될 때면 어마어마한 파괴력을 가졌다.

이미 동료들은 동원의 위력을 두 눈으로 실감하고 있었다. 거미 변이체는 매우 위협적인 공격 방식으로 스피어러들의 목숨을 노리고 있었지만, 동원은 유유히 거미 변이체들의 공격을 피하며 약한 복부와 가슴에 그대로 건틀릿을 쑤셔 넣었다.

그럴 때면 최소 중상, 경우에 따라선 몸속의 내장이 터져 나가며 그 자리에서 즉사했다. 동원은 두 사람이 예상하고 있는 그 이상의 엄청난 힘을 가지고 있었다.

그리고 애초부터 기본 수치가 높은 투지는 거들떠보지도 않았다. 겁이 많은 스피어러들은 투지 수치가 낮기 때문에 별도로 이 수치에 포인트를 투자할 필요가 있었다. 그렇지 않으면 이와 같은 웨이브 등에서 몬스터들을 상대했을 때, 그 기세에 눌리기 때문이다.

하지만 동원에겐 필요가 없었다.

마법 공격의 데미지 상승으로 이어지는 '지혜'도 쓸모가 없었고, 시전과 캐스팅 시간 감소 및 마법 명중력을 보조해 주는 '정신력' 역시 마찬가지였다.

또한 다양한 무구들을 보유하고 있는 스피어러들과 달리, 동원은 너클에서 25스피어짜리 건틀릿으로 교체한 이후 별도의 무구 구매도 하지 않았다.

매력적인 물품들은 많았지만 아직까진 이 건틀릿으로도 충분히 활용 가능하다고 판단했기 때문이었다. 지금 당장 스피어 안에 들어가게 된다면 500스피어짜리 특수 건틀릿도 마음만 먹는다면 얼마든지 구매할 수 있었다. 공격을 가할 때마다 일정량의 전류가 충전되고, 그 수치가 최대에 이르면 다음 히트에 무조건적인 강력한 방전이 이루어진다.

하지만 거기까지 욕심을 내지 않은 것은 아직 자신에게 가장 최적화된 밸런스를 가지고 있는 '적정 가격'의 물품이 이 건틀릿이라고 판단했기 때문이다.

투타타타! 투타타타!

유입되는 거미 변이체의 수가 최대 정점에 이르렀을 즈음, 2차 방어선 쪽에서 총성이 들려오기 시작했다. 그쪽에 자리를 잡고 있던 군인들의 화력 보조가 시작된 모양이었다.

하지만 상황은 좋지 못했다.

스피어 링크 초창기, 당시에는 곤충 변이체들을 평범한 중년 남성이 몽둥이를 이용해 때려잡을 수 있을 정도로 변이체들은 약했다. 물리적인 공격 자체에 약했기 때문에 굳이 스피어러들이 힘을 보태지 않아도 비스피어러들도 얼마든지 변이체들을 제거할 수 있었다.

하지만 포탈의 안개가 확장되고, 그 과정에서 인간형 변이체가 등장하기 시작하면서 상황이 바뀌었다. 비스피어러들의 공격이 변이체들에게 현저하게 낮은 피해로 적용되기 시작한 것이다.

즉, 스피어러들이 스피어 내에서 얻은 능력과 무기로 변이체들을 상대하는 것과 그렇지 않은 공격에 먹혀들어 가는 데미지 자체가 달랐다.

스피어러들의 공격에는 일격에 목숨을 잃고, 신체가 잘려 나가고, 급소를 강타당해 숨이 끊어지는 변이체들이지만, 군인들에게는 달랐다. 심지어 그들이 중화기로 무장을 하고 있어도 마찬가지였다. 마치 이런 것들에 일정한 내성을 지닌 별도의 방어 체계를 가지고 있는 것처럼.

그래서 빗발치는 쏟아지는 총탄 세례보다 전력을 다한 검사의 일격이 변이체들에게는 더 치명적인 타격이 됐다. 이러다보니 군인들의 존재가 무색해졌다.

단 한 마리의 변이체를 잡기 위해 동원과 같은 한 명의 스피어러가 붙는 것과 수십 명의 군인이 일제 사격으로 변이체 하나를 겨우 잡는 것은 효율과 시간 모든 측면에서 극명한 차이로 드러났다.

결국 해결은 스피어러들이 해야 했다.

적어도 변이체들을 상대로는 그들의 비정상적인 등장 배경처럼 링크부터 시작해서 모든 것이 불가사의한 스피어러들의 힘이 필요했다.

인류 문명이 그동안 쌓아온 전쟁 기술과 화력들은 변이체들 앞에서는 가벼운 잽(Jab)에 불과했다.

거미 변이체들의 공격이 시작된 지 약 15분 후.

김혁수의 지휘 아래, 방어선 후퇴가 결정됐다. 거미 변이체들의 웨이브를 스피어러들이 상대하면서 제거하는 숫자보다 유입되는 숫자가 더 많아지면서, 엄청난 압박이 1차 방어선으로 쏠렸던 것이다.

1마리를 잡았는데 2마리가 늘어나는 식이었다. 게다가 1차 방어선이 포탈에 매우 가깝게 위치해 있었기 때문에, 거미 변이체들을 제거하더라도 그 빈틈을 순식간에 다른 개체들이 메워 버렸다.

서울 스퀘어 주변의 공간은 예전부터 관리가 되고 있었고, 특별 위험 지역으로 설정된 서울역 주변 일대는 이미 민간인과 비전투 인력 모두가 밖으로 대피한 상태였다.

즉, 굳이 현재의 방어선을 무조건적으로 사수하려고 할 필요는 없었다. 김혁수의 판단은 옳은 것이었고, 동원 역시 스피어러들의 희생이 늘어나기 전에 전선을 좀 더 넓게 펼친 그의 선택을 존중했다.

지금으로선 좁은 공간에서 다수의 변이체들을 상대하기보다는 전선을 넓게 펼쳐서, 좀 더 활용 가능한 동선을 넓혀가며 싸우는 것이 옳았다.

펑! 퍼펑! 펑!

1, 2차 방어선이 모두 뒤로 물러나는 과정에서 여기저기

서 중력 폭탄이 터졌다.

이제부터는 원거리 딜러들의 쇼타임이다.

물론 동원과 규현 같은 근거리 딜러들에게도 실력 발휘를 할 시간은 충분히 주어진다. 중력 폭탄의 효과가 사라지고 그사이에 충분한 양념이 된 변이체들이 다시 움직이기 시작할 때다.

키렉! 키레렉!

동원이 던진 중력 폭탄의 역장에 갇힌 거미 변이체들이 신음을 토해내며 몸이 구부러지기 시작했다. 그 와중에 신체 일부에 이미 부상을 입은 상태였거나, 관절에 타격을 입은 거미 변이체들은 뼈마디가 뚝뚝 부러져 가며 그 자리에서 엎어졌다.

서희는 계속해서 역장 위로 마법 공격을 퍼부었다.

그 외에도 활이나 비도(飛刀), 기공술과 같은 저마다 특화된 원거리 공격 방식을 가진 스피어러들은 쉴 새 없이 공격을 전개했다.

단, 역장이 가진 중력적인 특성에 맞춘 공격이었다. 수평으로 정직하게 날아오는 공격이 아닌, 포물선을 그리며 변이체들의 머리 위쪽을 노리는 형태로 공격이 이뤄진 것이다.

그렇게 되면 역장을 투사체가 통과하면서 그대로 수직

낙하하듯 중력의 힘을 받아 떨어지게 되고, 그 과정에서 위력이 더욱 배가되기 때문이다.

이는 다양한 전투 경험을 통해 체득된 스피어러들이 할 수 있는 예측 공격으로, 초보 스피어러들이 역장이 변화시키는 물리적인 특성을 무시한 채 공격하는 것과는 전혀 다른 것이었다.

그렇게 역장에 갇힌 변이체들이 죽어나갔다.

그리고 역장이 걷혀질 즈음, 후퇴하던 스피어러들이 다시 전진하며 너덜너덜해진 거미 변이체들을 제거했다.

동원은 빠른 몸놀림을 바탕으로 여기저기서 신음과 피를 토해내고 있는 거미 변이체들 사이를 누비며, 놈들의 급소를 집중적으로 타격하여 신속하게 제거했다.

움직임에는 거침이 없었다. 거미 변이체들이 덩어리로 뭉쳐 있는 곳 안으로 들어가서 휘젓고 다닐 정도였다. 이것은 자만이 아니었다. 지금은 충분히 실력 발휘를 마음 놓고 해도 되는 상황이었으니까.

사지를 멀쩡하게 쓰기 힘든 거미 변이체들은 동원의 입장에선 아무런 위협도 되지 않았다. 그들의 공격 방식은 신체 구조가 갖는 한계점이 있었고, 동원은 면밀하게 그 한계점을 파악해 둔 상태였다.

덕분에 동원 일행이 위치한 구역 인근에선 빠르게 거미

변이체들의 '청소'가 이뤄졌고, 어느새 스피어 자동 루팅이 끝나 깨끗해진 구역으로 변해 있었다.

*　　*　　*

이후로도 웨이브는 계속됐다.

스피어러들의 전투는 후퇴, 역장 전개, 반격, 재후퇴의 식으로 계속해서 반복됐다.

중력 폭탄의 조기 소진을 염려한 김혁수는 모든 구역에서 중력 폭탄을 사용할 것이 아니라, 당초 구역 배정 당시에 매겨진 번호에 맞춰 짝수와 홀수 조로 나누어 번갈아가며 사용할 것을 지시했다.

웨이브의 전체 규모가 파악되지 않은 만큼, 초반에 폭탄을 모두 소모할 것을 우려한 지시였다.

계속해서 위와 같은 전투가 반복되면서 웨이브 초반에 비해 스피어러들의 전선은 300m 이상 후퇴해 있었다. 그러면서 자연스럽게 서울 스퀘어 바로 주변은 숨이 끊어진 스피어러들의 시신이 즐비한 거대한 무덤이 되어 있었고, 생존자들은 그 광경을 지켜보며 다시 한 번 생존에 대한 의지를 확고히 했다.

무려 세 시간 동안 이어진 웨이브였다.

이미 스피어러들 대다수가 지친 상태였다. 쉬지 못한 채로 계속해서 싸웠고, 유일한 휴식 시간은 다음 웨이브가 예고된 이후의 5분이 전부였다.

5분의 휴식으로 회복된 체력은 약 1~2분의 전투면 모두 소진되어 없어졌다. 그 뒤로는 정말 악과 깡으로 싸워야만 했다.

체력이라면 그 누구보다도 열심히 관리해 온 동원도 격하게 숨을 몰아쉴 정도로 격전이었다. 서희는 아예 다리에 힘이 풀린 채로 길바닥에 걸터앉아 있었다.

방금 전까지 이어졌던 일곱 번째 웨이브. 사마귀 변이체의 유입이 끝에 다다르면서, 다시금 찾아온 소강상태를 이용한 휴식이었다.

팟!

바로 그때, 스피어러들의 스피어에 또 한 번의 메시지가 출력됐다. 스피어러들은 자연스럽게 자신의 스피어로 시선을 돌렸다.

여덟 번째 웨이브에는 또 어떤 변이체가 모습을 드러낼까. 모든 스피어러들의 이목이 집중되는 그 순간.

[최종 웨이브까지 ㅁㅁ:ㅁ5:ㅁㅁ 남았습니다. 예고된 다음 대상을 상대해야 합니다.]

글자와 시간이 출력됐고, 동시에 익숙한 얼굴 하나가 출력된 화면에서 모습을 드러냈다.

아수라라는 별칭을 가진 네임드, 즉 최종 보스의 등장이
었다.

"씨발… 좀 쉬자, 좀……!"

규현의 절규에 가까운 목소리가 들리고.

"하아. 지옥이 따로 없네요."

서희도 한숨을 내쉬었다.

동원 역시 내색은 하지 않았지만, 계속된 난전으로 몸에
누적된 피로감을 여실히 느끼고 있는 중이었다. 이는 김혁
수도 다를 것이 없어서, 그 역시 차가운 아스팔트 지면 위
에 검을 꽂고 꿇어앉은 채로 가쁜 숨을 몰아쉬고 있었다.

"아수라……."

동원이 되뇌듯 네임드의 이름을 중얼거렸다.

분신술을 구사한다는 이 엄청난 네임드는 과연 어떤 위
력을 보여줄 것인가. 이것만큼은 동원도 예상이 되지 않았
다. 그저 죽을 각오로 싸우는 것, 그것이 지금 할 수 있는 유
일한 방법이었다.

5분 뒤.

아수라가 모습을 드러냈다.

포탈을 통해 순식간에 나타난 아수라는 어느새 서울 스

퀘어 상공에 올라, 스피어러들을 내려보며 떠 있었다.

아수라의 몸 길이는 어림짐작으로 2.5m 정도 됐다. 예상과는 조금 다른 크기였다.

많은 스피어러가 맨 처음 아수라에 대한 정보를 접했을 때, 단체 퀘스트에서 마주했던 데스웜을 떠올렸다. 거대할 것이라 생각했기 때문이다.

몸길이만 해도 10m에 달했던 데스웜은 보고 있는 것만으로도 눈살이 찌푸려질 정도로 혐오스런 외형을 하고 있던 녀석이었다.

하지만 아수라는 예상과 달리 거대한 네임드가 아니었다. 철저하게 인간의 모습에 가까웠다.

아수라는 세 개의 머리를 가지고 있었다. 북쪽을 보고 있는 머리, 그리고 나머지 두 개의 머리는 각각 남서쪽과 남동쪽을 보고 있었다.

사각이 존재하지 않는 머리 배치다.

뿐만 아니라 여섯 개의 팔 중에서 위의 두 팔과 아래의 두 팔에는 각각 한 자루씩, 총 네 자루의 검이 쥐어져 있었다. 멀리서도 달빛을 머금고 예기를 뿜어낼 만큼 위협적인 것이었는데, 동원은 검을 쥐고 있지 않은 가운데의 팔 두 개가 어떻게 쓰일지 궁금했다.

느낌상 저 팔은 타깃으로 지정된 대상의 몸을 움켜쥐거

나 잡는 용도로 쓰고, 나머지 팔이 들고 있는 검이 이를 난 자하는 구조로 되어 있는 것 같았다.

투타타타타! 타타타타타!

2차 방어선 쪽에서 총성과 함께 어두운 하늘을 수놓는 수 많은 빛줄기가 있었다.

아수라를 지켜보고 있던 스피어러들은 내심 이 공격에 기대를 걸었다.

이미 변이체들에게 제대로 먹혀들지 않는 공격이라는 것을 알았지만, 적어도 화력의 극히 일부라도 보조가 되었으면 하는 바람이 있었던 것이다.

투웅! 퉁! 퉁! 퉁!

하지만 바람은 현실이 되지 못했다.

차라리 몸에 총탄이 박히기라도 했던 변이체들과 달리, 아수라는 아예 총탄이 들어가지도 못했다. 아수라가 펼친 장막에 모두 가로막혔기 때문이다.

핑!

그러는 사이 어떤 스피어러가 날린 화살 한 대가 아수라에게 날아들었다.

사각!

눈 깜짝할 사이에 아수라의 검이 날아오던 화살을 토막 내 버렸다. 하지만 이것으로 스피어러들은 확실하게 알 수 있었다. 군인들의 총알을 막아냈던 아수라의 장막이 스피어러들을 상대로는 효과가 없다는 것을. 하지만 그렇다고 해서 아수라와의 싸움이 할 만하다는 것은 아니었다.

그 와중에도 계속해서 총탄이 날아들었지만 모두 장막에 막혀 사라졌다.

정말 완벽하게 쓸모없는 공격이었다.

스피어러들은 동시에 생각했다. 현대 문명이 이룩해 놓은 그 모든 것들이 이 녀석에게는 필요 없다는 것을. 결국 자신들이 해결하지 않으면 이 네임드는 사라지지 않는다는 것을 말이다.

아수라는 상공에서 스피어러들을 가소롭다는 듯한 표정으로 내려다보고 있었다. 그 와중에 화살과 마법 등으로 아수라를 노린 공격이 이어졌지만, 거리가 충분치 못했다.

그렇게 아수라가 거리를 두고 내려다보는 사이, 포탈 근처에서 또다시 지축의 울림이 이어졌다.

키릭! 키리릭! 키릭!

"아, 귀찮은 것들이 나오네."

포탈을 지켜보고 있던 규현이 입술을 깨물었다. 미니 웜들이었다. 자폭 조건을 발동시키고 나면 3초 후에 폭발하는 자살 특공대. 단체 퀘스트를 치르던 당시 가장 귀찮으면서도 까다로웠던 녀석들이 포탈 입구에서 스멀스멀 기어나오고 있었다.

　놈들은 다리 하나 없이 몸뚱이만 가지고 움직이는 것이지만, 이동 속도가 상당히 빨랐다.

　아스라아아아앗!

　바로 그때.

　다시 한 번 아수라가 괴성을 내질렀다.

제9장
분신 소환

그 순간, 한 줄기 섬광이 번쩍였다. 그리고 동시에 서울 스퀘어 인근에 자리를 잡고 있던 스피어러들의 눈앞에 아수라와 비슷한 모습을 갖춘 형체들이 만들어졌다.

"분신술이야!"

동원이 소리쳤다. 빠르게 생성된 형체의 모습에서 아수라와 유사한 모습, 그리고 손에 들고 있는 검이 보였기 때문이다.

분신 아수라는 본신과는 달리 하나의 얼굴에 두 개의 팔을 가지고 있는 인간과 똑같은 형태의 모습이었다. 하지만 양팔에 날카로운 검을 들고 있는 것은 본신과 같았다.

푸슉! 푸욱! 푸욱!

"으크윽!"

찰나의 순간, 동원의 옆쪽 구역에 있던 스피어러 하나가 목숨을 잃었다. 분신 아수라의 이어진 급소 3연타를 버텨내지 못한 것이다.

두 번의 일격은 겹쳐 입고 있던 심플 슈트로 막아냈지만, 그다음의 한 번은 막아내지 못한 것이었다. 눈 깜짝할 사이에 벌어진 공격을 불행하게도 그 스피어러는 대응하지 못했다.

까깡! 깡!

"와, 뭐 이딴 게 다 있어?"

티잉! 팅!

"후우."

아슬아슬하게 동원과 규현이 분신 아수라의 검격을 막아냈다. 서희는 뒤로 빠지며 신속하게 전개한 파이어 볼 공격 덕분에 아수라의 접근을 막을 수 있었다.

동원이 주변을 살피니 1차 방어선의 스피어러들은 전부 각자 하나씩의 분신을 상대하고 있었다. 그리고 포탈을 빠져나온 미니 웜들은 이쪽이 아닌 2차 방어선 쪽으로 무리지어 이동하고 있었다.

아마도 분신 아수라들이 정예 전력으로 예상되는 1차 방어선의 스피어러들을 상대하는 만큼, 녀석들은 2차 방어선의 스피어러들을 공략할 요량인 듯싶었다.

상공의 아수라는 마치 세상을 다 가진 듯이 얼굴 만면에 미소를 머금은 채로 수백, 아니 수천에 달하는 자신의 분신들에게 힘을 나눠주고 있었다.

그가 허공에서 손짓을 할 때마다 지상에 위치한 분신들에게 금빛 기운이 씌워지며 생기가 감돌았다. 한 가지 다행인 점이 있다면, 정작 본신은 공격을 하고 있지 않다는 것이었다.

어떤 특수한 패턴이 있는 것일까, 아니면 원래의 역할이 저런 것일까? 그건 동원으로서도 속단할 수 없는 문제였다. 하지만 한 가지 확실한 것은 있었다. 분신만으로도 충분히 희생자가 발생할 만큼 강력하다는 것이었다.

"긴장을 늦추지 말아요!"

"충분히 긴장하고 있습니다! 핫! 하앗!"

"죽진 않아요, 걱정 마요!"

동원의 외침에 규현과 서희가 답해왔다. 지금으로선 동원도 규현과 서희까지 챙겨줄 상황은 되지 못했다.

게르사아아앗!

분신 아수라가 알 수 없는 말을 지껄이며 동원을 잡아먹을 듯이 노려보았다. 눈에는 살기가 어려 있는데, 입은 웃고 있다. 그 자체로도 기괴스럽고 보는 이들로 하여금 두려움을 들게 했다.

이 녀석들에게 감정이라는 것은 없어 보였다. 눈빛은 어둡고 표정은 밝으며, 움직임의 목적에는 살상을 제외한 그 어느 것도 없다. 마치 감정이 없는 살인 기계를 상대하는 느낌, 딱 그 느낌이었다.

팅! 팅! 티팅! 팅!

"빈틈은 안 주겠다, 이거지."

순식간에 동원과 분신 아수라는 서로 한 번씩 공격을 교환했다. 먼저 분신 아수라의 검격은 동원이 양쪽으로 알맞게 펼친 건틀릿에 의해 막혔다. 디펜시브 기술을 활성화시키니 충격량이 적었고, 동원은 바로 상체의 힘을 이용해 아수라의 심장부를 노린 일격을 펼쳤다.

하지만 분신 아수라 역시 이 일격을 허용하지 않았다. 다만 동원의 움직임이 워낙에 신속하게 이뤄졌기에, 왼팔에 들고 있던 검을 내던지고 맨손으로 동원의 건틀릿 공격을 막아낸 것이다.

본신과 분신 아수라 모두 인간의 외형과 피부를 가지고 있었지만, 방금처럼 상대의 공격을 막아내야 할 경우에는 피부의 형태가 순식간에 금속처럼 변했다. 경도가 높은 금속의 느낌까지는 아니지만, 건틀릿 공격을 충분히 막아낼 정도는 됐다.

이것이 관건이었다. 인간의 피부, 뼈와 유사한 구조를 가진 신체라 할지라도, 필요에 따라 이렇게 금속 형태로 바꿀 수 있다면 공격을 풀어나가기가 매우 어려워진다.

실제로 옆에 있는 규현도 고전하고 있었다. 빈틈을 완벽하게 노렸다고 생각하고 복부를 찔렀지만, 그 순간 금속 형태로 변하면서 공격이 무위로 돌아갔기 때문이다.

다만 동원은 아수라가 꾸준히 상공에서 힘을 불어넣어 주고 있는 광경에 실마리가 있을 것이라 생각했다.

무작정 계속해서 이렇게 금속 변화 형태를 유지할 수 있는 것은 아닐 것 같았다. 그게 가능하다면 애초에 인간의 피부를 유지할 필요가 없을 것이다. 아예 금속 형태로 존재하면 되니까. 그렇지 않다는 것은 유지에 적정량의 힘이 필요함을 의미하고, 이것이 분신 아수라의 약점이 될 수 있음을 뜻할 것 같았다.

휘이이이이, 퉁, 퉁, 퉁퉁!

"……."

그사이 주인을 잃은 스피어러의 머리 하나가 포물선을 그리며 날아와 동원의 앞을 굴렀다.

분신 아수라의 예리한 검날에 깔끔하게 베어져 나간 스

피어러의 머리는 허공을 바라본 채, 이유를 알 수 없는 눈물을 흘리고 있었다.

"도대체 너희는 왜……?"

대답을 들을 수 없는 질문임을 알면서도, 동원은 아수라의 분신에게 묻고 싶었다. 왜 우리는 이 지옥과도 같은 싸움을 해야만 하고, 이들은 왜 지옥과도 같은 삶을 주려고 하고 있는 것일까?

스피어도, 그리고 포탈을 뚫고 나온 변이체들도 어느 누구도 이에 대한 답은 하지 않았다. 그저 싸우고, 또 싸워야만 했다. 무엇을 위한 것인지도 모른 채.

스가앗!

팅!

분신 아수라의 검격이 이번에는 머리 위에서 아래로 수직으로 이어졌다. 동원은 검격을 건틀릿으로 막는 대신, 몸을 오른쪽으로 피하며 아슬아슬하게 공격을 피해냈다.

동시에 발동된 카운터 기술의 효과를 이용해 다리를 뻗어 분신 아수라의 발목을 강타했다.

쿠웅!

예상치 못한 일격에 분신 아수라가 중심을 잃고 넘어졌다. 평범한 발 걸기였다면 버틸 수 있었겠지만, 위력이 강화된 발 걸기는 금속으로 강화된 발목이 버텨낼 수 없을 정도로 강력했다.

동원은 그 틈을 놓치지 않고 바로 분신 아수라의 몸 위로 올라탔다.

마운트 포지션. 동원은 그 상태에서 집요하게 분신 아수라의 오른손을 건틀릿으로 후려쳤다. 어디까지 버티나 보자라는 심산에서였다.

이미 상부를 내준 분신 아수라의 몸은 운신할 수 있는 폭이 좁았고, 팔을 굽히려 해도 동원의 무릎이 짓누르고 있는 탓에 검을 이용할 수 없었다.

깡! 까깡! 깡!

채챙!

동원은 만약의 가능성을 확실히 차단하기 위해 분신 아수라의 손목을 쉴 새 없이 내려쳤고, 결국 그 충격파를 견디지 못한 분신 아수라가 검을 움켜쥔 손의 힘을 풀고 말았다.

이제 맨몸이 된 녀석.

눈 하나 깜빡거리지 않는 분신 아수라는 여전히 미소를 머금은 채로 자신을 응시하고 있었다. 앞서의 변이체들이 보여줬던 고통의 표현은 이 녀석에게선 볼 수 없었다.

자신이 불리한 상황이 되었음에도 시종일관 같은 표정을 유지하고 있는 분신들.

투퉁. 퉁.

그러는 사이, 동원의 근처로 또 하나의 주인 없는 머리가 떨어지며 바닥을 굴렀다.

"……."

머리의 주인은 눈에 익숙한 사람이었다.

민머리의 사내. 자신과 함께 단체 퀘스트에서 리더로서 최선을 다해 싸워주었던 남자.

바로 정철의 것이었다.

하지만 동원의 표정에는 별다른 변화가 없었다. 동원 스스로도 너무 냉정한 게 아닌가 싶을 정도로 동원은 무심히 정철의 머리에서 시선을 돌렸다.

죽음이라는 것에 둔감해진 것일까? 아주 잠깐 정철의 죽음이 안타깝게 느껴졌지만, 동시에 어쩔 수 없는 현실이라는 생각이 들었다. 그러자 정철의 죽음도 그저 옆에서 죽어갔던 다른 스피어러들의 운명과 크게 다를 바 없어 보였다.

동원은 분신 아수라의 양팔을 양 무릎으로 누른 채, 여전히 미소를 머금고 있는 얼굴 위로 쉴 새 없이 건틀릿을 내리찍어 댔다.

주먹이 얼굴을 연타할 때마다 사람의 피부를 한 얼굴이 금속으로 변했다가 다시 돌아오기를 반복했다. 그때마다 퍽, 퍽 하는 소리가 나며 점점 얼굴이 파이기 시작했다. 종국에는 아예 코와 입이 안으로 접혀 들어간 형태가 되어버렸는데, 그 와중에도 입가의 미소는 지워지지 않았다.

그렇게 동원이 일방적으로 공격을 퍼붓기를 수십 차례. 계속해서 금속화를 통해 충격을 받아내던 분신 아수라의 변형이 멈췄다. 즉, 인간의 피부 그대로 돌아온 것이다.

빠악! 빠아악! 빠악!

그때부터는 아주 경쾌한 격타음이 들렸다. 동시에 더 이상 동원의 건틀릿 공격을 견뎌낼 재간이 없어진 얼굴이 순식간에 걸레짝이 되어 사방으로 피가 튀었다.

동원이 집요하게 내리친 입가는 아예 찢겨져 나가 없어져, 미소를 띠고 있던 표정마저도 볼 수 없게 되었다.

시이잉, 푸욱!

"……!"

동원은 아직 숨이 채 끊어지지 않은 분신 아수라의 얼굴 한가운데에 녀석이 떨구었던 검을 그대로 움켜쥔 채로 꽂아 넣었다. 그러자 몸이 한 번 경련을 일으키더니, 이내 잠 잠해지며 분신 아수라의 형체가 사라졌다. 동시에 동원에게로 스피어의 자동 루팅이 이루어졌다.

분신이지만 제공되는 스피어는 있는 것 같았다. 정확한 수치까지는 산출되지 않지만, 결코 적은 양은 아닌 듯싶었다.

아악―! 크아아아악―!

저 멀리서 비명 소리가 들렸다.

미니 웜들의 대규모 행렬이 이어진 동쪽 2차 방어선 쪽이었다. 분신 아수라는 차라리 일대일 전투라도 가능하게 만들어져 있지만, 미니 웜들은 보이는 족족 달려드니 방법이 없었다.

가장 죽어나는 것은 2차 방어선에서도 전면에 서 있는 스피어러들이었다. 기세 좋게 미니 웜들을 처치하거나 기민한 움직임으로 피하는 스피어러들이 대다수이기는 했다. 하지만 계속된 웨이브를 막아내는 과정에서 전의를 크게 상실한 일부 스피어러들은 자폭형 변이체인 미니 웜이 등장하자 도망치기 시작했다.

전략적인 이유가 아니고서는 개인적인 판단에 의한 후퇴를 지양해 달라는 김혁수의 부탁을 무시한 것이다. 결국 그들은 서울 스퀘어 일대를 지키기 위해 나선 스피어러이기에 앞서, 한 사람의 인간이었다.

죽고 싶지 않았고, 그들은 도망쳤다. 그러면서 2차 방어선 쪽에 때아닌 혼선이 빚어지는 중이었다. 하지만 그쪽까지 동원이 신경 쓸 겨를은 없었다.

그것은 정말 오지랖이다. 당장 눈앞의 상황도 문제투성

이였으니까.

검 대 검의 전투라 그런지, 규현은 오히려 변이체들과의 전투보다는 분신 아수라와의 전투를 좀 더 수월하게 풀어 가는 모습이었다. 상대는 쌍검(雙劍)이었고, 규현은 아니었지만 그는 좌우로 검을 현명하게 교차시켜가며 공격을 막았다.

그리고 금속화가 되더라도 검의 예기로 충분히 끊어낼 수 있는 관절 부위를 집중적으로 노렸다. 그 과정에서 분신 아수라는 한쪽 팔을 잃었고, 남은 팔은 손가락이 잘려져 나갔다. 살아 있는 볏짚이 된 셈이다.

체념한 듯, 혹은 분신이기에 목숨에 별다른 미련이 없는 듯이. 분신 아수라는 양팔을 뻗은 채로 규현을 바라보기만 했다. 전투 의사도 없어보였다.

규현은 그런 분신 아수라의 심장부에 검을 찔러 넣었다. 더 이상 금속화를 진행할 수 없었던 분신 아수라는 그 자리에 즉사했다.

"야이, 씨… 이 새끼, 더러운데요. 정말 더러운 새끼에요."

규현이 점점 사라져 가는 분신 아수라의 형체를 보며 욕을 내뱉었다. 정말 기분 나쁜 미소였다. 웃는 얼굴로 살인을 저지르는 살인마가 있다면 딱 이런 모습일 것 같았다.

시간이 흐르자 여기저기서 분신 아수라가 쓰러져 갔다. 동원이 예상했던 대로 분신 아수라가 버틸 수 있는 충격량의 한계가 있는 듯했다. 그 한계점을 넘어서면 금속화를 통해 지켜주던 방식이 사라지게 되고, 그때는 그저 거대한 고깃덩어리가 되는 것이다.

그사이, 동원은 주변 스피어러들을 지원하며 분신 아수라 넷을 추가로 더 처리했다. 급격하게 떨어진 체력으로 인해 분신 아수라와의 전투에서 크게 고전하고 있던 주변 스피어러들은 동원의 지원에 감사를 표했다.

분신 아수라의 개체 수의 감소가 급격한 상승세를 타기 시작할 무렵.

세그라아아앗!

서울 스퀘어 상공에서 계속해서 금빛 기운을 지상으로 연결시키던 아수라가 여섯 개의 손바닥을 하늘로 향하게 한 채 괴성을 내질렀다.

그 순간, 지상에 있던 아수라의 분신들이 전부 사라졌다. 그리고 아수라의 머리 위에 방금 전까지 그의 분신들이 다루던 수천 개의 검이 일제히 소환됐다. 검들이 서울 스퀘어 상공을 가득 메운 것이다.

이런 숨 막히는 전장에서 게임을 떠올리는 것이 이질적이지만, 보통 게임 속에서 보스 네임드들이 이런 식으로 자세를 잡으면 이어지는 공격 패턴이 있다. 맵 전체를 가득 메우며 쏟아지는 광역 공격.

동원은 아수라가 분신들을 모두 회수하고, 수많은 검을 하늘에 띄운 이유는 단 하나밖에 없다고 생각했다.

"모두 피하십시오!"

그때, 김혁수의 외침도 함께 들려왔다. 그 역시 동원과 같은 생각을 한 것이다.

이 상태로 검이 쏟아져 내리면 제아무리 동원이라고 해도 건틀릿으로 막아낼 수는 없었다. 마침 동원과 일행이 후퇴한 구역 쪽에는 스피어러들의 임시 거처로 쓰이던 컨테이너가 있었다.

"들어가요!"

동원이 문을 열고, 재빠르게 규현과 서희를 안내했다.

가앗!

그 순간, 아수라가 하늘을 향해 포효하듯 소리쳤다. 그리고 동시에 수천 개의 검이 일제히 지상에 위치해 있는 스피어러들을 향해 비처럼 쏟아져 내렸다.

"피해! 어떻게든 피해!"

스피어러들의 외침이 들렸다. 동원은 검이 쏟아져 내리는 그 순간, 바로 컨테이너 안으로 몸을 날렸다. 그리고 만약을 대비해 안에 배치되어 있던 소파를 벽 쪽으로 붙였다.

가능성은 적었지만, 혹시나 컨테이너를 뚫고 들어올지도 모르는 검을 막아내기 위해서였다.

"하… 쉴드만 펼칠 수 있었어도!"

"리더, T3 기술이 언제였죠?"

"5단계 넘어야 해. 아직 D03 이야, 2단계 남았거든."

"쉴드로 개방될까요?"

"나한테는 지금 방어 마법이 없잖아. 그러면 쉴드가 들어오지 않을까?"

규현과 서희는 막간을 이용해 곧 개방이 될 T3 기술에 대한 이야기를 나누고 있었다.

티팅! 팅! 팅! 팅!

그러는 사이 아수라의 광역 검격이 컨테이너를 쉴 새 없이 때렸다.

끄윽! 으으으윽! 크윽!

다수의 스피어러들이 김혁수의 말에 신속하게 움직였고, 적당한 엄폐물을 찾아 몸을 숨겼다. 하지만 그 와중에도 누락된 스피어러들은 존재했다.

그들의 운명은 안타깝게도 좋지 못했다. 하늘에서 비처럼 쏟아지는 검을 맞고도 멀쩡할 사람은 없었다.

거의 전부라고 해도 무방할 정도의 스피어러들이 두 겹의 심플 슈트를 입었지만, 막아줄 수 있는 치명적인 공격은 두 번이 전부였다.

그다음부터는 맨몸으로 공격을 받아내야 했고, 결국 제대로 피할 곳을 찾지 못한 스피어러들은 온몸이 벌집이 된 상태로 현장에서 즉사했다.

아스라아아앗!

이제 두 번째로 듣는 소리. 아수라의 외침과 동시에 분신들이 또다시 만들어졌다.

그사이 컨테이너를 빠져나온 동원 일행은 다시 원래의 자리로 향했다. 형체가 소환되고 있었고, 그 자리에 앞서 마주했던 분신 아수라들의 모습이 그대로 만들어지고 있었다.

"어? 이건 내가 써야겠군."

이동하던 규현은 방금 전 숨이 끊어진 다른 스피어러의 손에 쥐어져 있던 단검을 주웠다. 그가 보유하고 있던 스피어는 웨이브 기간 동안의 자동 루팅 시스템에 의해 사라지고 슈트 등등도 사라지고 난 뒤였지만, 그가 가지고 있던 무구들은 그대로였던 것이다.

여기저기서 막간을 이용해 죽은 스피어러들에게서 무구들을 챙기는 사람들이 있었다. 특히 자신과 같은 계열의 무기를 가진 사람을 주로 찾는 모습이었다.

그것도 잠시, 또다시 분신 아수라들이 모습을 드러내자

스피어러들의 시선이 바로 그들에게로 쏠렸다.

                    *   *   *

공방전은 계속됐다.

포탈에서 쏟아져 나오다시피 하던 미니 웜의 수는 점점 감소 추세로 접어들었지만, 여전히 계속해서 포탈을 나오자마자 동진(東進)하고 있었다.

덕분에 2차 방어선 쪽은 온통 미니 웜들의 몸에서 터져 나온 체액들로 한가득이었다. 자폭으로 인해 죽은 미니 웜들의 스피어는 별도의 회수 절차가 진행되지도 않는 것 같았다.

결국 미니 웜에게서 스피어를 얻기 위해선 싸워야만 했는데, 그 과정에서 욕심을 내던 스피어러 일부가 희생당하기도 했다.

한편 아수라의 분신들은 점점 약해졌다. 개체 수는 생존해 있는 1차 방어선의 스피어러의 수와 맞춰서 만들어졌지만, 금속화를 통해 버티는 시간은 전보다 짧아졌다.

하지만 아수라의 입장에서는 자신의 힘으로 부리는 분신들이 죽으면, 다시 살리면 그만이라 아무런 피해가 없었다. 문제는 스피어러들이었다.

벌써 동원의 양옆 구역에 배치되어 있었던 여덟 명의 스피어러 중 넷이 죽었다. 반면 김혁수를 위시한 가온의 클랜원들이 위치해 있던 장소에서는 추가로 희생자가 발생하지는 않았다.

동원은 무리하지 않고 정해진 선을 지키며 냉정하게 싸우고 있는 가온의 클랜원들과 리더 권혁수의 모습에 감탄하면서도 한편으론 놀랐다.

가온이 통제권 위임을 통한 스피어 독식으로 클랜에 소속되어 있지 않은 스피어러들의 지탄을 한 몸에 받고 있었지만, 막상 전장에서 직접 그들을 살펴보니 '그 값'을 하는 사람들이었다.

그들은 혹여 주변에 함께 있던 동료가 죽더라도 동요하지 않고, 자신의 본분에 맞게 정해진 임무를 수행해 나갔다. 그들이 쓰러져간 동료들에게 해주는 것은 그저 감지 못한 두 눈을 감게 해주는 것뿐이었다. 그리고 기계처럼 전투에 임하고, 싸웠다.

아수라의 공격 패턴은 분신 소환, 분신 회수, 광역 검격, 분신 재소환의 패턴으로 계속해서 반복됐다.

처음 두어 차례는 컨테이너 박스와 광역 검격이 쏟아지는 범위 밖으로 빠져나가는 식으로 대응했던 동원은 아수

라의 광역 공격으로 쏟아지는 검들이 비슷한 위치에 떨어
진다는 것을 깨닫고는 제자리에서 피하는 것으로 회피를
대신했다.

우선 엄폐 용도로 쓰려 했던 컨테이너 박스가 넝마가 되
다시피 한 데다가, 분신을 상대하다가 광역 공격이 예상되
는 즉시 전력을 다해 달려나가는 것도 애로사항이 있었던
것이다.

체력적인 소모의 문제가 가장 컸다.

다행히 동원을 비롯한 대다수의 실력 있는 스피어러들은
이 광역 공격을 잘 피했다. 혹은 동원 일행과 달리 건물과
가까운 구역에 배정된 스피어러들은 간단히 몸을 피할 수
있었다.

다만 동원 일행 쪽은 주변이 허허벌판인 탓에 자구책으
로 알맞게 피할 수밖에 없었고, 광역 공격의 범위에 닿지
않는 사각지대를 찾아내 피함으로써 현명하게 위기를 넘겼
다.

물론 그 와중에도 피하다가 죽거나 혹은 위치를 잘못 잡
아 즉사하는 스피어러들도 다수 있었다. 또는 한 벌에서 두
벌씩 슈트의 능력을 소진하기도 했다.

한편 동원은 계속 반복되는 전투 속에서 극심한 체력 고
갈을 느끼는 가운데, 상공의 아수라가 보이고 있는 이상한

변화를 유심히 관찰하고 있었다.

분신 아수라의 공격 패턴이 눈에 익어가면서 동원은 이제 능숙하게 분신들을 처리하고 있었다. 분신들은 인체의 급소라고 할 만한 부분들, 이를테면 목이나 심장, 복부나 머리를 핵심 타깃으로 설정한 듯이 그 부분만 집요하게 노렸다.

그래서 동원은 가드(Guard)를 상체 위주로 가져가는 한편, 분신이 펼치는 공격의 전부라고도 할 수 있는 검을 최대한 몸에서 분리시키는 것을 최우선으로 했다.

효과가 있었다. 난타전을 반복하며 쌍검이 아닌 하나의 검만 쓰게 만들어도 분신의 공격 능력은 현저하게 약해졌다. 악어 변이체들처럼 팔 자체가 무기가 아니었기 때문에, 맨주먹으로는 동원의 건틀릿보다도 약했다.

동원만의 전투 방식을 정립해 가면서 자연스럽게 다수의 분신 아수라들이 처리됐다. 누적 처치 개체 수가 증가하기 시작한 것이다.

동원이 이상한 낌새를 느끼기 시작한 것은 바로 그 무렵부터였다.

애초에 상공에 있던 아수라는 지상을 내려다본 형태로 계속 기운을 주입하고 있었지만, 시선은 스피어러들이 아닌 자신의 분신들을 바라보고 있었다. 고정된 시선이라 움직이지도 않았다.

하지만 공방전이 계속되고 아수라의 공격 패턴이 반복되는 과정에서, 동원이 처치한 분신의 수가 기하급수적으로 늘어나기 시작하자 아수라의 시선이 서서히 동원에게로 향하고 있었던 것이다.

처음에는 다른 누군가를 보는 시선이 겹쳐져 자신을 보는 것으로 착각한 것이겠거니 하고 생각했다. 하지만 위치를 이동해 가면서 분신들을 처치하는 동안 아수라의 시선도 똑같이 동선을 따라 자신에게로 향하고 있는 것이 느껴졌던 것이다.

그라앗! 제랏! 스가앗!

그 순간, 동원의 시선이 아수라와 정면으로 마주쳤다.

그리고 발끝에서 머리끝까지 단번에 솟구쳐 오르는 엄청난 살기에 전율이 인 동원은 자신도 모르게 입술을 질끈 깨물었다.

"······."

동원은 본능적으로 직감했다.

저 녀석은 확실히 자신을 보고 있다. 다른 그 어느 누구도 아닌 자신을, 그 누구보다도 많은 수의 분신을 제거한 자신을 보고 있는 것이다.

스아아아아—

그리고 아수라의 본신이 천천히 하강했다.

동시에 분신들의 전신에 금빛 기운이 재차 감돌고, 점점 힘을 잃어가던 분신들이 다시 능력을 되찾으며 스피어러들에 대한 반격을 시작했다.

아수라의 시선은 완벽하게 동원에게 고정되어 있었다.

동원은 확실하게 느꼈다.

자신이 바로 보스 네임드가 최우선 제거 대상자로 판단하는 존재인 어글자, 어그로 스피어러가 되었다는 것을.

제10장
어그로 타깃팅

"동원 씨!"

서희의 외침이 들렸다.

"리더, 조심해요!"

규현의 외침도 함께 들렸다.

동원은 상공에서 내려오고 있는 아수라를 바라보고 있었고, 다른 스피어러들은 그사이에 더욱더 강해진 분신 아수라들을 상대하고 있었다.

아수라의 하강이 시작되면서 전황이 바뀌었다. 분신 아수라들은 동원과 아수라의 무대를 만들기라도 하려는 듯

맹렬히 공격을 퍼부으며 스피어러들을 외곽으로 몰아냈다.

방금 전까지 죽어가다시피 하던 분신들까지도 모두 힘을 되찾은 탓에 스피어러들은 후퇴에 후퇴를 거듭할 수밖에 없었다. 게다가 동쪽으로 향하던 미니 웜 일부가 방향을 틀어 1차 방어선이 있는 서쪽으로 향하면서 상황이 더욱 꼬이기 시작했다. 스피어러들이 상대해야 할 골칫거리가 하나 더 늘어난 것이다.

그러는 바람에 서희와 규현도 계속해서 뒤로 밀려나는 중이었다. 자연스럽게 동원과 분리가 된 것이다.

아수라의 위치는 어느덧 눈으로 형체가 온전히 다 보일 정도의 높이까지 내려와 있었다. 그는 완벽하게 동원만을 바라보고 있었다. 이 세상에 동원이 아닌 그 어떤 스피어러도 없는 것처럼.

불과 며칠 전까지 서울에서 인천을 오고 가던 광역버스의 승강장이 있던 자리가 동원의 무대가 됐다. 그리고 반경 30m 안에는 아수라를 제외한 그 어느 것도 없었다.

아수라의 분신들은 마치 원형의 경기장을 만든 것처럼 주변에 자신들만의 방어선을 구축하고 있었고, 그런 가운데 스피어러들과 난전을 벌이는 중이었다.

워낙에 분신이 많다 보니 스피어러들도 겹겹이 쌓인 방어벽을 뚫지 못했다. 그 와중에 희생자들 역시 추가로 발생했다. 동원으로서는 외부의 도움을 기대할 수 없는 상황이 된 것이다.

적어도 동료들이나 다른 스피어러들과 함께 아수라를 협공하려면, 그들이 충분한 수의 분신들을 제거한 뒤에나 가능할 듯싶었다.

"······."

동원은 입을 굳게 다문 채로 아수라를 지켜보며, 방어 자세를 취했다.

여섯 개의 팔. 그중에 두 개의 팔은 정상적으로 인체 구조에 맞게 배정된 자리에 위치해 있다. 이 두 개의 팔에는 검이 들려 있지 않다.

나머지 네 개의 팔은 각각 등 뒤에서 뻗어져 나온 형태로 자리하고 있었는데, 본래의 팔보다 굵기가 얇은 편이고 길이가 살짝 짧았지만 각각의 팔마다 한 자루의 검이 들려 있었다.

정면의 얼굴의 시선은 동원을 바라보고 있었다. 그리고 양옆에 달린 두 눈 중에 하나가 동원을 매섭게 째려보고 있다. 여섯 개의 눈 중에 네 개의 눈이 자신을 바라보고 있는 셈이다.

위압적인 광경. 동원은 마른침을 꿀꺽 삼켰다. 그리고 냉정하게 아수라의 신체 구조가 가질 장단점을 파악했다.

장점은 신체 구조상 당연하게 가져갈 수밖에 없는 공격 패턴의 우세였다. 산술적으로도 두 개의 팔과 여섯 개의 팔에는 차이가 존재한다. 두 팔의 공격을 막아낸다 하더라도, 남은 네 개의 팔이 어떻게 움직이느냐에 따라 위험에 빠질 수도 있었다.

하지만 단점이 아예 없는 것은 아니었다. 우선 본체와 직접적으로 연결된 두 팔에 비해 검을 쥐고 있는 네 개의 팔은 상대적으로 짧고 얇았다. 완벽하게 판박이처럼 되어 있는 구조는 아니라는 것이다.

이는 적어도 검을 쥐고 있지 않은 팔에 비해 남은 팔들은 공략하기 쉽다는 것을 의미했다. 게다가 앞뒤로 뻗어 있는 팔의 구조상 다리를 이용하기는 쉽지 않아 보였다.

실제로 아수라가 착용하고 있는 복색도 길게 무릎 아래까지 늘어뜨린 치마와 비슷한 형태의 옷으로 갖춰져 있었다. 이는 발을 이용한 공격이나 기동성 자체는 높지 않음을 의미한다.

지금까지 보여준 아수라의 공격 패턴에서 원거리 공격은 없었다. 접근전을 하는 동원에게 충분히 해볼 만한 상대라는 의미다.

만약 아수라가 일정 거리를 두고 원거리 공격을 퍼부을 수 있는 마법사 같은 개체였다면, 지금쯤 전력을 다해 도망치고 있어야 했을 터다. 상성상 상극이 되기 때문이다.

아직 심플 슈트도 두 벌이 건재했다. 그리고 회복 포션들도 1스피어에 해당하는 저가형 포션들만 대다수 소진되었을 뿐, 고급 포션들은 많이 남아 있었다. 어느 정도의 약빨도 기대해 볼 수 있다는 이야기다. 다만 패시브 발동을 위해서 적당히 체력의 양을 조절해 가면서 마실 필요는 있었다.

……

위에서는 어떤 말인지 해석조차 할 수 없는 수많은 말을 괴성으로 토해냈던 아수라지만, 이제 완벽하게 지상에 내려앉고 나니 아무 말도 하지 않았다.

오히려 입꼬리만 더욱 올라갔을 뿐이다. 살짝 미소를 머금은 형태였던 기존의 표정은 이제 환한 웃음을 짓고 있는 얼굴로 변해 있다. 더욱 기괴한 모습이다.

"후우. 후우."

동원이 호흡을 고르며 아수라가 움직이길 기다렸다. 지금의 상황에서 선공은 위험했다. 무조건 아수라가 먼저 공격을 시작할 때까지 기다려야만 한다.

동원은 아수라와의 정면승부는 최대한 자제할 생각이었다. 얼마나 빠르게 회피하면서 카운터를 적재적소에 박아넣느냐가 관건이었다. 카운터가 동원의 주요 딜링 기술이

자, 가장 위력적인 공격이기 때문이다.

스슥, 파아앗!

바로 그때.

부드럽게 앞으로 한 걸음을 내딛던 아수라의 몸이 용수철처럼 앞으로 튀어오르며, 단숨에 동원을 향해 쇄도하기 시작했다.

시이이잉!

그 순간, 예기를 가득 머금은 네 개의 검이 동원의 전신을 노렸다.

'나쁘지 않아.'

동원은 아예 아수라의 움직임조차 따라가지 못하는 것은 아닐까 걱정했지만, 그 정도까진 아니었다. 동원은 빠르게 몸을 옆으로 빼냈다.

확실히 몰빵에 가깝게 힘과 배분하여 올려둔 민첩성은 상당한 도움이 됐다. 신속해진 몸은 그만큼 기동성 있는 회피를 가능하게 해주고, 동시에 다음 동작을 이어가기 편리하게 해준다.

팅! 팅!

하지만 그 와중에 아수라는 동원의 움직임을 놓치지 않고, 자신의 왼쪽에 위치한 두 개의 팔을 뻗어 검격을 이어갔다. 동원이 재빨리 건틀릿으로 위아래를 막지 않았더라면, 옆구리에 큰 상처를 입었을 공격이었다.

동원은 거의 90도에 가까운 각도로 아수라와 멀어지는 회피 동작을 취했지만, 옆에 달려 있던 아수라의 머리와 두 눈이 움직임을 놓치지 않은 것이다.

이 본신도 과연 본체에 대한 공격을 금속화로 막아낼까? 동원은 가장 먼저 그것부터 알고 싶었다.

쉬이이이이!

그때 저 멀리서 분신들의 경계를 뚫고 포물선을 그리며 날아오는 마법 구체 하나가 있었다. 화염 구체, 파이어 볼이었다. 마법은 서희의 것만 있는 것이 아니기에 다른 스피어러의 것일 수도 있었지만, 적절한 시기에 포위망을 뚫고 날아온 지원이었다.

그륵!

아수라의 얼굴 한쪽이 일그러지며 그가 검 두 개를 뻗어 마법 구체를 튕겨내려 했다. 정확하게 말하면 구체를 검으로 쪼갠다고 보는 게 맞을 것이다.

동원은 일대일로 팽팽하게 이어지던 전황에 생긴 약간의 변수를 적극적으로 활용하기로 했다. 적어도 팔 두 개는 다른 곳에 쓰게 된 녀석이었으니까.

여차하면 심플 슈트의 특수 능력을 날릴 생각도 했다. 모든 전투의 기본은 공수의 적절한 조화다. 공이나 수, 한쪽으로 치우쳐서는 좋은 결과를 보기 어렵다.

후웅!

바람을 가르며 동원이 쇄도하기 시작하자, 이번에는 아수라 쪽에서 방어 자세를 취했다. 하지만 동원의 계산에는 날아오는 파이어 볼 구체의 도달 시간까지 포함되어 있었다.

동원은 거의 동시에 아수라를 공격할 생각이었다. 이미 아수라는 왼쪽 세 개의 팔을 뻗은 상태였고, 동원이 노리는 곳은 바로 무주공산이 된 왼쪽이었다.

쇄액!

예상했던 대로 아수라는 오른팔을 이용해서 접근해 오는 동원을 사선의 검격으로 베어버리려 했다. 가장 이상적인 공격 각도이기 때문이다.

"하압!"

기합을 내지르며 동원이 거의 지면에 미끄러지다시피 몸을 낮췄다. 오른팔밖에 사용할 수 없는 아수라의 검격이 커버할 수 있는 사각지대 밖으로 벗어난 것이다.

스스스슥!

동원의 옷이 아스팔트 지면에 긁히며 찢겨져 나가고, 동원은 미끄러져 앞으로 가던 동력과 두 다리의 힘을 이용해 번쩍 몸을 일으켜 세웠다.

"여기다!"

화르르르륵! 뼈억!

화염 구체가 허공에서 산산조각 나던 그 시점에 동원의 일격이 그대로 아수라의 왼쪽 옆구리에 그대로 명중했다. 앞서 아수라의 검격을 피하는 과정에서 자동으로 조건이 충족된 카운터 스킬의 발현이었다.

으컥!

그 순간, 아수라가 신음을 토해내며 뒤로 나가 떨어졌다. 동원은 자신의 손끝에서 느껴진 충격을 기억했다. 물컹했던 느낌. 금속화는 없었다.

분신들이 금속화를 통해 자신을 보호했던 것과 달리, 아수라 자신에게는 금속화 기능이 없었던 것이다. 동원은 이것이 아수라의 최대 약점이 될 수 있겠다는 생각을 했다. 하지만 금속화를 포기할 정도로 구축된 시스템이라면 정답은 하나다. 아수라 자체의 공격력이 어마어마하다는 것이다.

뚝— 뚝—

몸을 일으킨 아수라의 왼쪽 옆구리에서는 찢겨져 나간 상처 사이로 붉은 피가 떨어지고 있었다. 앞서의 변이체들이 보랏빛의 체액을 쏟아내던 것과는 다른 모습이었다.

동원은 방금 전에 날아든 마법 공격처럼 자신을 보조해

줄 만한 지원이 있으면 좋겠다는 생각이 들었다. 하지만 스피어러들은 여전히 격전을 펼치는 중이었다. 분신의 수가 줄어들고는 있었지만, 전만큼 빠르지는 못했다. 모든 스피어러에게 공통적으로 벌어진 현상인 체력 고갈이 가장 큰 이유였다.

스팟!

잠깐 감돌았던 정적이 사라지고, 다시 아수라가 동원을 향해 쇄도해 오기 시작했다. 일전에 당한 일격 때문인지 웃고 있던 입의 모양은 살짝 아래로 쳐진 형태가 되어 있었다.

동원은 방금 전의 일격이 통한 것으로 어느 정도 자신감을 얻었다. 결국 이 녀석도 똑같이 살점으로 이뤄진 몸뚱이였다. 동원은 전략적으로 필요하다면 한 벌 정도의 슈트는 내어주기로 마음먹었다.

연속 타격을 허용해선 안 되겠지만, 이를테면 서로 치명타를 교환하는 식의 공격은 충분히 노려봄직 했다. 아수라의 장점은 다양한 공격 패턴이고, 자신의 장점은 뛰어난 민첩성을 바탕으로 한 회피 공격이었다.

누가 더 예리하게 자신의 특기를 살리느냐에 따라 성패가 갈린다.

캬앗! 캬앗!

깡! 까깡! 깡! 깡!

순식간에 동원의 앞까지 날아든 아수라가 맹공을 퍼붓기 시작했다. 네 개의 검이 쉴 새 없이 위아래로 동원을 노렸다. 다만 아수라의 긴 신체 구조상 동원을 위에서 아래로 내리찍는 구조의 공격을 펼칠 수밖에 없기 때문에, 동원은 선택적으로 하체의 방어를 포기해도 됐다.

동원은 디펜시브 기술을 활성화시킬 수 없을 때는 무조건적으로 검격을 막는 것에 집중하고, 디펜시브 기술이 활성화 됐을 때 회피와 동시에 카운터를 치는 형태로 공격의 가닥을 잡았다.

기술이 존재할 때와 없을 때의 대응 방식을 완벽하게 구분한 것이다.

'보인다, 보여! 당황할 것 없어. 수는 많지만 보인다.'

동원은 자신이 보유하고 있는 민첩성에 대한 의문이 있었지만, 아수라와 전투를 치르면서 확실하게 느꼈다.

이제 자신은 평범한 인간의 한계를 훌쩍 뛰어넘은 특별한 존재가 되어 있었다. 남들은 순간적으로 과도하게 쏠리는 압력을 견디지 못할 회피 동작도 무리 없이 취할 수 있었다.

공방전이 계속됐다.

기술이 없는 상황에서 수비에만 전념하던 동원은 몸에

크고 작은 상처들을 입으며 계속해서 체력이 떨어졌다.

그렇게 체력이 절반 이하로 떨어지면서 패시브가 발동했고, 공격 능력과 공격 속도가 1.5배 상승했다. 동원은 바로 이 시점에서 카운터와 디펜시브를 이용해 아수라에게 유효타를 먹였다.

물론 동원의 공격만 성공하는 것은 아니었다.

공격하는 도중에 아수라의 양팔에 동원이 잡힌 적도 있었다. 유일하게 검을 들고 있지 않던 두 팔, 그 팔의 용도는 일격필살이었다.

동원의 몸을 붙잡은 아수라는 바로 네 개의 검을 이용해 동원의 머리와 심장을 노렸다. 일순간 움직일 수 없는 상태가 된 동원은 어찌할 새도 없이 그대로 첫 타에 가슴을 허용하고 말았다.

머리는 가까스로 막았지만, 왼쪽 가슴을 노린 일격을 막아내지 못한 것이다.

팅! 하는 소리와 함께 아수라의 검이 튕겨져 나갔다. 즉, 심플 슈트의 특수 능력 1회가 소진되었다는 뜻이다. 동시에 한 벌의 슈트가 자연스럽게 사라졌다.

그 과정에서 급격히 감소한 체력 수치가 20% 아래로 떨어지면서 연이어 2차 패시브가 발동됐다. 공격 능력과 공격 속도가 4배로 상승하자, 동원의 민첩성과 극한의 시너지 효과를 이뤄내며 거의 난격(亂擊)에 가까운 맹공이 이뤄졌다.

이때부터는 동원의 쇼타임이었다.

벌컥벌컥.

동원은 빠르게 포션 하나를 꺼내 들이켰다.

체력 손실량의 25%를 바로 회복시켜 주는 10스피어짜리 포션이었다. 현재 동원의 체력 손실량은 전체의 80%였고, 그중에 20%가 포션을 통해 회복됐다. 전체 체력의 45% 수준까지 올라온 것이다.

덕분에 체력은 절반에 가깝게 유지하면서, 발동된 패시브 효과가 동원의 힘을 최대치로 발휘할 수 있도록 증폭 역할을 했다.

아수라와 자신의 일대일 무대.

이것은 아수라가 의도한 것이었을지는 몰라도, 동원에게도 매우 잘된 일이었다. 분신들이나 변이체를 상대할 때는 언제 녀석들이 공격을 해올지 알 수가 없어 한 놈에게만 집중을 할 수가 없었다.

깡! 깡! 퍽! 퍼퍽! 퍼어억!

아수라의 매서운 일격도 신체의 움직임이 극한의 경지까지 끌어올려진 동원에게는 평범한 일격에 불과했다.

동원은 건틀릿을 이용해 효과적으로 아수라의 검격을 막

으면서 카운터 기술을 효과적으로 먹일 수 있을 적기를 노렸다. 패시브로 향상된 공격력에 카운터로 재차 강화된 공격력. 이 정도면 일격필살이라고 해도 무방했으니까.

바로 그때, 찬스가 왔다.

"지원할게요!"

서희의 목소리였다.

아수라에게 시선을 고정시키고 있어 위치를 파악할 순 없었지만, 어렴풋이 저 멀리서 들려온 목소리였다. 살짝 눈길을 돌려보니 분신들의 수가 일부 줄어들고 있었다. 아직까지 도움을 기대할 수준까진 아니었지만 서희는 원거리 공격이 가능한 스피어러였다. 접근하지 않아도 아까처럼 지원이 가능했던 것이다.

부웅!

그러는 사이 아수라의 오른쪽 두 개의 검이 횡선을 그으며 동원을 노렸다. 목과 옆구리를 노린 공격이었다.

동원은 여기서 반대쪽 방향을 피하려다가 생각을 접었다. 너무 뻔하다. 아직 아수라의 모든 팔은 상태가 양호했다.

'그렇다면.'

파팟.

동원이 백스탭을 밟으며 신속하게 뒤로 두 걸음 정도 물

234 월드 플레이어

러섰다. 그러자 간만의 차이로 동원의 눈앞을 검이 스치듯 지나갔다. 완벽하게 계산된 것까진 아니었지만, 이 정도면 확실하게 피할 수 있으리란 계산이 있었는데 딱 들어맞았다.

그 순간, 타깃을 잃고 지나가 버린 아수라의 오른쪽 팔들이 드러났다. 검은 아무것도 없는 허공을 훑고 지나가 다시 팔과 함께 제자리로 돌아 오려하는 참이었다.

동원도 건틀릿이 없으면 힘이 급격하게 줄어들듯이, 이 아수라에게는 검이 없으면 치명적이다. 동원은 발동된 카운터 기술을 아수라의 힘을 무력화하기 위해 쓸 생각이었다.

방법은 바로 지금, 눈앞에 있었다.

"하아아아압!"

동원이 일갈하며 원투펀치를 빠르게 아수라에게 먹였다. 하나는 공격력이 극대화된 카운터펀치였고, 하나는 일반적인 펀치였지만 위력이 상당하기는 두 개가 모두 마찬가지였다.

빠악! 뻐억!

그 순간, 뼈가 부러지는 소리가 나며 동시에 아수라의 팔이 꺾여서는 안 될 방향으로 꺾였다. 팔꿈치가 부러지면서 검을 들고 있던 두 개의 팔이 모두 바깥쪽으로 접히고 만

것이다.

갸아아아아악!

지금까지 굵직한 비명을 토해낸 적이 없던 아수라. 하지만 이번에는 달랐다. 아수라는 입가에서 침을 토해낼 정도로 비명을 내지르고야 말았다.

'나는… 정말 충분히 강하다.'

동원은 스스로 다시 한 번 느꼈다.

지금까지는 스스로의 실력에 대한 의문점이 항상 있었다. 자신감은 있었지만, 자신만의 방식으로 스스로를 키워온 것이 옳았던 것인지에 대한 의문이 있었던 것이다.

하지만 전투를 거듭하면서, 그리고 아수라를 상대하면서 느꼈다. 적어도 대인전에서 만큼은 충분히 강하다는 것을. 아수라와의 대등한 전투는 이를 증명해 주고 있었다.

동원은 빈틈을 확실하게 드러낸 아수라를 집중 공략했다. 부러진 팔의 손을 공략해 두 개의 검을 떨궈냈다. 마음 같아서는 이 검을 이용해서 싸워보고 싶었지만, 주 분야가 아닌 만큼 무리하지는 않았다.

졸지에 아수라는 오른쪽에서의 공격이 터무니없이 약해져 버렸다. 오른쪽의 세 팔 중 두 개는 쓸 수 없고, 나머지 하나만이 건재했다. 검은 쥐어져 있지 않다.

그래서일까? 아수라는 왼팔을 이용한 검격으로 동원을

뒤로 물러서게 한 뒤, 왼쪽 몸을 약간 앞으로 비튼 자세로 동원을 응시했다.

화르르르르륵!

그러는 사이 포물선을 그리며 서희의 파이어 볼이 날아들었다. 아까와 비슷한 경로, 그것도 정확하게 아수라의 몸통을 노린 공격이었다.

동원은 직전의 전투에서 자신에게 마법으로 보조를 해준 덕분에 카운터를 먹일 기회를 잡을 수 있었던 공격도 서희의 것이라는 것을 짐작할 수 있었다. 그녀의 지원은 정말 천군만마를 얻은 것처럼 가려운 곳을 긁어주었다.

광역버스 승강장 근처의 담벼락 위에 자리를 잡은 그녀는 아슬아슬하게 확보되는 시야로 동원을 지원해 주고 있었던 것이다.

동원은 파이어 볼의 경로에 맞춰, 다시 한 번 아수라에게 달려들었다. 동시에 체력의 양을 직감적으로 파악했다. 이제 막 40% 수준에서 떨어지고 있었다.

자연적인 체력 감소량이 급증하고 있었다. 계속된 몸의 피로 누적은 별다른 행동을 하지 않아도 체력을 깎아냈다. 패시브는 한 번 발동되면 5분 안에는 재발현이 되지 않기 때문에, 이번에 패시브가 발현됐을 때 승부를 보는 것이 좋았다.

와앗!

아수라의 왼쪽 검 하나가 파이어 볼을 쳐내기 위해 움직였다. 이제 남은 것은 세 개의 팔이다. 왼쪽의 팔 둘, 오른쪽의 팔 하나.

"그렇다면."

동원이 아수라에게 쇄도해 들어가며 자연스럽게 형성시킨 중력 폭탄 하나를 꺼내 들었다. 계속된 웨이브에서 대다수의 중력 폭탄을 소진하고, 남은 것은 이것 하나였다.

끼릭! 팅, 팅, 티티티티팅, 퍼엉!

동원의 손끝을 떠난 중력 폭탄은 아수라를 스쳐 지나가, 등 뒤에서 몇 번을 굴러간 뒤 터졌다. 그 순간 반경 5.5m의 역장이 생겨나며, 아슬아슬하게 아수라의 등 뒤까지 역장의 범위가 펼쳐졌다.

이것이 동원의 승부수였다.

퍼엉! 화르르르륵!

거의 동시라고 해도 무방할 시간에 파이어 볼 구체가 허공에서 터지고, 아수라의 검 하나가 동원을 노리고 날아들었다. 네 개의 검도 막아냈던 동원에게 이 정도 공격을 막는 것은 어렵지 않았다.

팅!

디펜시브에 걸린 아수라의 검격이 무위로 돌아가고, 동

원은 그 상태로 달리던 힘을 이용해 아수라의 복부에 펀치를 가했다.

퍼억!

묵직한 격타음과 함께 아수라가 그 힘을 견뎌내지 못하고 몇 걸음 뒤로 물러섰다. 그 순간, 동원이 안배해 두었던 대로의 상황이 펼쳐졌다.

와득! 으드드득!

채챙! 챙!

갸아아아앗!

중력장의 끄트머리에 몸의 일부가 걸리던 아수라가 비명을 내질렀다. 부러진 팔이 중력의 힘에 이끌려, 아예 팔에서 빠져나오더니 이내 찢겨져 버렸다.

기존 중력의 8.5배.

아무리 아수라라고 할지라도 부러진 뼈마디가 이를 버텨낼 수는 없었다. 동원은 인체에는 중력 효과가 적용되지 않는 만큼 성공 가능성을 반신반의했으나, 사람이 아닌 아수라와 같은 변이체를 상대로는 중력장의 효과가 먹혀들어 가는 듯했다.

중력의 힘에 이끌린 두 개의 검도 허망하게 바닥으로 떨어졌다. 정말 완벽하게 중력장의 끄트머리에 걸려 버린 아수라의 몸은 옴짝달싹할 수 없는 신세가 되었다. 입고 있는 옷에도 중력 효과가 적용되면서, 두 다리는 마치 지면에 고정된 말뚝이라도 된 것처럼 움직이지도 못했다.

이것은 아수라에게 최악의 상황이었다.

몸이 전부 다 역장 속에 갇힌 것도 아니고, 일부만 갇혀 버렸다. 그 바람에 행동에 제약이 걸렸지만, 동원의 공격에서 안전할 수도 없었다. 몸의 일부는 역장 밖으로 돌출되어 있었기 때문이다.

퍽! 퍼퍽! 퍽! 퍽! 빡! 빠악! 퍽!

동원은 거의 무아지경에 이른 것처럼 맹렬하게 아수라의 본신을 공략했다. 10초의 역장 지속 시간은 동원이 쉴 새 없이 일격을 퍼붓기에 매우 충분한 시간이었다.

동원의 공격에 아수라의 몸이 점점 역장 속으로 밀려들어 갔지만, 8.5배의 중력은 그 밀려드는 정도를 대폭 줄여버렸다. 계속해서 수직으로 잡아끄는 힘으로 인해, 중력장 깊숙이 밀려나고 싶어도 몸이 자꾸 중력에 잡혀 버린 꼴이 된 것이다.

그야말로 샌드백이 되어버린 상황이었다.

끝을 낸다.

동원은 그렇게 생각했다. 동원의 맹공, 타격이 이뤄지는 횟수만큼 체력도 계속해서 빠져나가고 있었다.

이제는 한계점이라고 해도 무방한 시점이 왔다. 거의 초

인적인 힘으로 버텨왔다고 해도 과언이 아니었다. 여기서 또다시 아수라와의 난전이 벌어지면, 그때는 정말 목숨을 내놓을 생각을 해야 할 것 같았다. 혹은 뒤도 돌아보지 않고 도망치거나.

으컥! 으걱! 케에에에엑!

계속해서 이어지는 동원의 건틀릿 공격에 아수라의 복부와 가슴은 거의 찢어진 휴지 조각처럼 너덜너덜해져 있었다. 검은 이미 주인을 잃고 바닥을 나뒹군 지 오래였고, 그나마 성한 팔들도 중력에 잡혀 제대로 움직이지를 못했다.

동원은 자신에게는 역장이 닿지 않는 안전지대에서 일방적으로 아수라에게 공격을 퍼부었고, 이제 그 끝이 보이려 하고 있었다.

살점이 찢겨져 나가고 하얀 뼈들이 드러난 아수라의 몸에서는 꺼져 가는 생명이 느껴졌다. 동원은 두 주먹에 다시 한 번 힘을 불어넣었다. 피니쉬를 날릴 차례였다.

그러는 사이, 본신의 약화 때문일까? 분신들이 여기저기서 볏짚처럼 쓰러져 나가며, 순식간에 동원과 아수라의 주변에 구축되어 있던 포위망이 일거에 무너졌다.

그러면서 자연스럽게 스피어러들이 동원의 근처로 몰려들기 시작했고, 그 일행들 중에서 동원은 규현과 서희를 어렵지 않게 발견할 수 있었다. 아수라의 등 뒤로 보이는 배경에서는 김혁수의 모습도 보였다.

가아아아앗!

그때, 연신 피를 토해내던 아수라의 두 눈빛이 살기로 번뜩였다.

지이이잉!

그와 동시에 입에서 터져 나온 한 줄기의 섬광이 동원의 가슴을 타격했다.

우우우웅!

"……."

원래는 관통했어야 할 섬광이지만, 한 번 튕겨져 나갔다. 아직 동원에게 심플 슈트 한 벌이 남아 있었던 것이다.

죽음을 앞두고 아수라가 펼친 마지막 일격이었다. 심플 슈트가 없었더라면 바로 즉사했을 상황, 하지만 애석하게도 아수라가 날린 회심의 일격은 슈트의 능력에 가로막히고 말았다.

"간다."

그리고.

퍼어어어억!

동원의 주먹이 아수라의 왼쪽 심장을 꿰뚫고, 그대로 살점 안으로 파고들었다. 그러자 손끝에서 맥동하는 아수라의 심장이 느껴졌다.

붉은 피를 뿜어내고 있는 생명의 근원이.

파삭!

동원은 한 줌의 망설임도 없이, 움켜쥔 아수라의 심장을 터뜨려 버렸다.

……

그 순간, 아수라의 눈빛도, 움직임도, 숨결도 모두 사라졌다. 생기가 감돌던 살색의 피부는 어느새 회백색의 빛으로 변해갔고, 이내 한 줌의 먼지가 되어 바람에 흩날렸다. 살기를 가득 머금은 채로 미소 짓고 있던 얼굴도 자연스럽게 바람을 따라 사라졌다.

[네임드 변이체가 제거되었습니다.]

그와 동시에 대한민국에 존재하고 있는 모든 스피어러의 스피어에 다음과 같은 메시지가 출력됐다. 동원의 스피어에도 마찬가지였다.

그리고 출력된 메시지 아래로 아수라의 피로 잔뜩 물든 동원의 얼굴과 함께 추가 메시지가 연이어 출력됐다. 이 역시 모든 스피어러가 보는 가운데 진행된 전체 메시지였다.

[해당 대상자에게 3ㅁ 5S(Special Sphere)가 제공되었습니다.]

스페셜 스피어.

동원이 지금껏 단 한 번도 본 적 없는 것이었다.

[빅 웨이브가 종료되었습니다.]

계속해서 메시지가 출력됐다.

퍼펑! 펑!

그 순간, 여기저기에 남아 있던 미니 웜들이 여기저기서 터져 나갔다. 그리고 언제 그랬냐는 듯, 흔적도 없이 사라졌다. 웨이브가 끝난 것이다.

[1ㅁ초 후, 모든 스피어러들은 스피어로 이동됩니다. 대기 시간과 절대 시간이 리셋됩니다.]

마지막 메시지가 이어졌다.

"하아."

털썩.

동원이 전신에서 쭉 빠져나가는 기운을 이겨내지 못하고, 그대로 지면에 드러눕듯이 뻗어버렸다. 지금은 저 메시지들의 이유와 목적을 판단할 겨를도 없었다. 그저 자고 싶었다. 아무 생각도 하고 싶지 않았다.

*   *   *

"오빠가… 해냈어."

그 시간, 스피어의 메시지를 확인한 이유리의 입가에 미소가 걸렸다.

네임드 변이체, 아수라를 제거한 사람은 다른 누구도 아닌 바로 동원이었다.

자신이 이뤄낸 일은 아니었지만, 동원이 해냈다는 사실에 그녀는 가슴이 벅차올랐다. 왠지 모를 눈물이 눈가를 타고 흘렀다. 그의 투지에 대한 놀라움 때문일까, 아니면 웨이브를 막아내고 다시 평화가 찾아왔기 때문일까?

이유는 그녀 본인도 알지 못했다. 그저 흘러나오는 뜨거운 눈물을 주체할 수 없을 뿐이었다.

"찬열아, 형님이 해냈다. 시발, 내가 뭐랬냐? 형님은 형님이라니까! 우리가 사람 잘못 본 게 아니라고! 와아, 씨발!"

"형, 욕 잘하네?"

"그래, 이 씨발! 형님 만세다!"

"대박이다, 정말… 인정. 정말 인정. 동원 형님은 정말 인정할 수밖에 없어."

격전을 끝내고 혹시나 하는 마음에 서울 스퀘어로 향하려던 황찬성 형제도 연신 감탄을 터뜨렸다.

"동원 씨가……."

블랙 헌터의 클랜원들과 함께 난전을 치렀던 김윤미의 얼굴에도 놀란 표정이 일었다.

그리고 서울 스퀘어에서 빅 웨이브를 막아내고, 아수라와 그의 분신들을 제거하기 위해 사력을 다했던 모든 스피어러들의 시선이 일제히 동원에게로 향해 있었다. 지켜보는 서희와 규현의 얼굴에는 미소가 가득했다.

"혼자서 해냈어. 후후, 저 사람. 정말 내가 과소평가를 한 건가. 내가⋯⋯."

함께 지켜보던 김혁수의 눈빛도 흔들렸다.

동원은 수많은 스피어러의 시선과 스피어를 통해 자신의 얼굴을 알게 됐을 다른 스피어러들에 대한 생각을 모두 접어 두고.

"하악. 하악. 하악."

차가운 아스팔트 지면 위에 몸을 대자로 뻗은 채, 그저 가쁜 숨만을 몰아쉬고 있었다.

생각은⋯⋯.

이 지옥과도 같은 곳에서 완벽하게 벗어난 그다음에 하고 싶었다.

제11장
스페셜 스피어(Special Sphere)

이동이 이루어졌다.

목숨을 건 혈투, 그 이후의 이야기를 나눌 새도 없이 모든 스피어러가 선택의 통로로 이동하게 된 것이다.

[선택 종료까지 23:59:59 남았습니다.]

"넉넉하네."

오른쪽에 표시된 메시지의 시간은 24시간에서 카운트가 이뤄지고 있었다. 이곳에서 100년을 보내도 현실에서는 1초가 채 흐르지 않기에 휴식이 필요한 동원의 입장에서는 넉넉하게 주어진 시간이 나쁘지 않았다.

동원은 일어나지 않고, 그대로 누워 있었다. 원래 왼쪽에는 퀘스트의 난이도와 정보, 수행 시간이 표시되어야 하지만 그 자리에는 아무것도 없었다. 즉, 이 자리는 퀘스트가 아니라 빅 웨이브 이후의 정산을 위해 이동된 자리인 것이다.

　전투 과정에서 획득한 수많은 스피어의 양을 확인하고, 동원의 경우에는 스페셜 스피어까지 확인할 수 있는 그런 자리였다.

　파앗.

　그러는 사이 시온이 나타났다.

　평소에는 무신경하게 대했던 시온인데 죽음의 전장에서 혈투를 벌이고 난 다음에 모습을 보니 괜한 욕구가 치밀어 오르는 동원이었다. 목숨이 오가는 전장에서 살기와 광기를 머금고 싸웠던 것을 보상받고 싶은 기분, 그런 감정이 동원의 머리끝까지 차올랐다가 사라졌다. 그렇다고 안내자인 시온과 뭔가 해보고 싶다는 생각도 들지 않았으니까.

　"한숨 자도 괜찮지? 시간은 넉넉하니까."

　"상관없습니다."

　"그럼 좀 자고 싶다. 일단 자고 나서 생각해도 나쁘지 않을 것 같으니까."

　"담요를 드릴까요?"

"그러면 좋고."

말이 끝나자마자 시온이 허공에 손을 휘젓더니, 하늘색 바탕에 흰색 점이 찍힌 귀여운 담요를 만들어냈다. 더불어 베개까지도.

동원은 매끄럽게 잘 닦여 있는 선택의 통로, 검은 바닥 위에 몸을 눕혔다. 베개로 머리를 받치고, 담요로 몸을 덮었다. 그러니 제법 따뜻한 느낌이 들었다.

"일어난 다음에 다시 보는 걸로."

"알겠습니다."

시온이 미소를 머금은 채 고개를 끄덕였다.

그리고 정말로 동원은 잠이 들었다. 지금은 정말 다른 그 어떤 것도 생각나지 않았기 때문이다. 수면에 대한 욕구가 하나부터 열까지 머릿속에 가득 박혀 있었다.

*　　　*　　　*

[선택 종료까지 15:19:32 남았습니다.]

동원이 다시 눈을 뜬 것은 8시간이 훌쩍 지나서였다. 정말 꿈 하나 꾸지 않고 오로지 잠에 취해서 보낸 시간이었다.

그제야 몸의 피로가 풀리며 정신이 드는 느낌이었다. 동원은 시온이 만들어준 담요를 잘 개어 옆에다가 놓은 뒤 자리에서 일어났다. 그러자 기다렸다는 듯이 자연스럽게 시온이 모습을 드러냈다.

"다음 빅 웨이브가 또 언제 있을지는 알 수 없겠지?"

"별도의 공지가 사흘 전에 이루어지게 됩니다."

"사흘 전보다 더 빠르게는 되지 않는 건가?"

"불가능합니다."

"스피어, 그러니까 스피어를 만들어낸 문명이 보내는 건 아니라는 얘기인 것 같은데."

"……."

시온은 더 이상 대답하지 않았다.

동원은 그동안 싸워오면서 많은 생각을 했다. 스피어와 변이체들의 상관관계에 대해서였다. 처음에는 스피어 밖에서 벌어지는 일들도 스피어를 만들어낸 문명과 연관이 있을 것이라 여겼다. 즉 스피어와 포탈, 안개를 만들어낸 존재를 동일하게 본 것이다.

하지만 시간이 흐를수록 그렇지 않다는 것이 느껴졌다. 스피어의 존재는 스피어러들을 강하게 만드는 것이 목적이었지만, 포탈과 안개에서 나타난 변이체들은 다수의 인명을 살상하는 것을 목적으로 했다. 전혀 다른 목적인 것이다.

이번 웨이브도 극히 제한적인 정보만 제공됐다. 이것은 스피어조차도 웨이브의 규모나 전반적인 모든 정보를 알고 있지 못한다는 것을 뜻한다.

동원은 그 점을 유심히 살피고 있었다.

"이번 웨이브에서 스페셜 스피어의 획득이 있었습니다. 본 스피어의 활용과 설명을 위해서는 별도의 장소 이동이 한 번 더 필요합니다. 스페셜 스피어에 대한 분배를 먼저 끝낸 후에 스피어에 대한 사용을 하시겠습니까, 아니면 스피어에 대한 분배부터 먼저 하시겠습니까?"

"스페셜 스피어에 대한 확인부터. 처음 보는 것인 만큼 기대도 되네."

"그럼 바로 이동하겠습니다."

시이이이잉. 샤아아아아.

순식간에 선택의 통로를 둘러싼 검은 공간이 일그러졌다가 재조합됐다. 그러자 방금 전과는 달리 사방이 온통 금빛으로 둘러싸인 별도의 방 안으로 이동됐다. 차갑고 삭막하며 어두웠던 선택의 통로와는 전혀 다른 느낌의 공간이었다.

"먼저 스페셜 스피어에 대한 설명을 드리겠습니다. 이미 앞서 결과물을 보고 느끼셨겠지만, 네임드로 불리는 변이체들이 드랍하는 특수한 스피어입니다. 일반 스피어가 검은색이라면, 스페셜 스피어는 금색을 띠고 있습니다."

"이번에 아수라처럼?"

"네임드의 이름이 그렇게 지정되어 있다면 맞습니다. 향후 해당 네임드는 얼마든지 다른 포탈에서 일반적인 변이체로 나타날 수 있습니다. 단, 드랍하는 스페셜 스피어의 개수에는 큰 차이가 있습니다."

시온의 말은 즉, 보스로서의 아수라를 처치했을 때와 달리, 포탈에서 등장한 일반 변이체 정도의 수준으로서의 아수라는 보상이 다를 것이라는 얘기였다.

결과적으로 이번과 같은 웨이브에서 보스 네임드를 제거하는 것이 얼마나 해당 스피어러에게 큰 보탬이 되는지를 재확인시켜 주는 셈이다.

30개의 스페셜 스피어는 그야말로 동원을 위한 보상과도 같았다. 그 어느 누구도 아수라에게 제대로 된 공격을 하지 못했다. 서희의 지원 공격도 결국에는 아수라의 검격에 막혀 무산됐기 때문이다.

"30 스페셜 스피어로 구매 가능한 모든 선택지를 확인해 보시겠습니까? 스페셜 스피어는 일반 스피어로 변환할 수 없으며, 반대로 스페셜 스피어를 일반 스피어로 변환하는 일도 불가능합니다."

"확인하겠어."

동원의 말이 끝나자, 시온이 허공에 손을 휘저었다. 그러자 아무것도 없던 허공에 다양한 네모 칸과 함께 스페셜 스피어로 구매가 가능한 것들이 일괄적으로 표시됐다.

시간은 충분했다.

동원은 한참의 시간을 내용을 살피기 위한 시간으로 보냈다. 가장 놀란 것은 스페셜 스피어를 통해 제공되는 것들이었다.

일반 스피어로 구매할 수 없는 것들은 물론이거니와 영구적으로 제공되는 버프, 특수한 무기나 장신구 등등… 선택지는 정말 다양했고, 부여된 능력들은 특이했다.

그 순간 동원은 느꼈다.

스페셜 스피어의 존재가 알려지게 되면, 그때부터는 더 많은 스피어러가 이것을 노리고 움직이기 시작할 것이라는 걸.

아수라가 빅 웨이브에서는 보스 네임드로 등장했지만, 향후 포탈에서 아수라를 볼 수 있게 되고 그것을 통해 스페셜 스피어를 획득할 수 있게 된다면?

지금도 이미 사회적인 문제가 되고 있는 포탈 통제와 스피어 독식은 더 굳어질 가능성이 컸다. 그렇게 되면 통제를 하고 있는 클랜에 소속된 클랜원과 아닌 자들 사이의 갈등도 더욱 심화될 것이다.

스피어는 과연 이런 스피어러들의 대립을 염두에 두지 않고 있는 걸까? 아니면 알면서도 신경 쓰지 않는 걸까? 혹은… 이런 대립까지도 스피어러들이 더 강해지기 위한 과정의 일환이라 생각하는 걸까.

동원이 내용을 꼼꼼하게 살피는 동안, 시온은 조용히 등 뒤에서 동원을 지켜보고 있었다.

꽤 오랜 시간 동안 동원에게서 아무 말도 없었지만, 그녀는 입가에 미소를 머금은 채로 같은 자리에 미동 없이 서 있었다.

그리고 동원이 첫 번째로 구매를 결심한 선택지에 시선을 고정했다.

"이걸로 하겠어."

"스킬 강제 개방, 맞습니까?"

"응. 이게 가장 우선적으로 필요해 보이니까."

동원이 선택한 것은 바로 스킬 강제 개방이었다.

소진되는 스페셜 스피어는 10개.

말 그대로 아직 조건을 만족시키지 못해 열리지 않은 다음 단계의 기술을 조기에 습득하게 하는 것이었다. 지금의 동원이 보유하고 있는 기술은 T1 카운터와 T2 디펜시브였다. T3 기술은 원래대로라면 D랭크 5단계에서 열리게 되는, 아직 E랭크 3단계인 동원에게는 시간이 좀 더 지나야

얻을 수 있는 기술이었다.

스킬 강제 개방은 바로 이 T3 기술을 지금 즉각적으로 배울 수 있게 해주는 것이었다. 그렇게 기술 하나를 당겨 배움으로 인해서, D랭크 5단계가 되면 T3 기술이 아닌 U, 얼티밋이 개방된다. 그리고 원래대로 얼티밋이 개방되어야 할 C랭크 10단계에서는 다음 기술이 개방되는 것이다.

설명에는 스킬을 강제 개방했을 시, C랭크 10단계에서 배우게 될 기술에 대해서는 Unknown으로 표시되어 있었다. 아직 공개되지 않은 정보라는 뜻이다.

동원은 기술의 흐름상 평타 강화였던 카운터, 데미지 감소 기술이었던 디펜시브에 이어 광역 공격이 가능한 기술이 주어질 가능성이 높을 것으로 판단하고 있었다.

물론 어떤 기술이든 상관없었다. 주어지면 주어진 대로 알맞게 잘 응용해서 쓸 뿐이다. 애초에 기술 자체도 스피어에서 알아서 자신에 맞게 주지 않았던가? 욕심은 없었다.

"스킬 강제 개방은 1회만 가능합니다. 이후 재구매는 불가능합니다. 구매하시겠습니까?"

"구매하겠어."

"스킬 강제 개방이 이루어졌습니다. 지금부터 T3 기술을 사용할 수 있습니다. 순차적으로 다음 단계에서의 기술 습득이 얼티밋으로 조정됩니다. 그다음 단계의 정보는 미확

인입니다."

"T3 기술 관련 정보를 보여줘."

변화는 순식간에 이루어졌다.

동원의 눈앞에 출력된 기술창의 세 번째 공간이 열린 것
이다. 방금 전까지 검은색 사각형으로 아무것도 표시되지
않았던 자리였다.

[T3(별도 이름 설정 가능) : 해당 범위에 위치한 대상 전체에게 영향력
을 행사하는 충격파를 발동시킵니다. 최초에 피격된 대상에게는 충격량
의 100%에 해당하는 피해를 입히며, 범위에 따라 단계적으로 피해량
이 40%까지 감소합니다. 최대 범위는 3m(+0.3 × T3레벨)입니다.

충격량은 힘을 기반으로 하여 산출된 공격력에 비례하여 다음과 같
은 광역 데미지가 적용됩니다. 광역 최초 데미지는 (공격력 + [공격력 ×
0.25 × T3 레벨])입니다.

재사용을 위한 대기 시간은 60초(-3 × T3레벨)입니다.]

"광역 기술이야. 역시 가려운 곳을 긁어줬군."

동원의 눈빛이 번뜩였다.

대인전에서는 강했어도 다수의 적을 상대하는 일, 소위
'잡몹 처리'에서 효율이 떨어졌던 동원에게 필요했던 광역
기술이 주어진 것이다.

충격 범위는 부채꼴 모양의 형태로 360도 전체를 커버할
수 있는 기술은 아니었다. 전방위적인 광역 공격이었다면

좋았겠지만, 동원의 성향이나 특성과는 전혀 맞지 않는 것
이니 이런 스피어의 안배도 이해는 갔다.

"좋아……."

좀처럼 잘 웃지 않는 동원의 입가에도 미소가 걸렸다. 더
강해지게 될 자신의 모습이 그려졌기 때문이다. 아울러 D
랭크 5단계가 되면 배울 수 있게 될 얼티밋에 대한 기대도
자연스레 하게 되는 것이다.

동원은 우선 T3 기술을 배웠다.

별도로 기술 레벨을 올리기 위해서는 스피어를 투자해야
했지만, 이 공간에서는 스페셜 스피어를 제외한 스피어는
사용이 불가능했기 때문에 우선 미뤄두었다. 선택의 통로
로 돌아가서 하면 될 일이다.

기술창 하나가 채워지니 든든한 느낌이 들었다.

스페셜 스피어. 아무리 생각해도 이 스피어는 다른 그 무
엇보다도 많은 스피어러에게 자극이 될 보상 같았다.

시온의 안내에 따르면 스페셜 스피어를 획득하지 못한
스피어러는 관련된 정보도 얻을 수 없다고 한다. 즉, 자격
이 없으니 정보도 주어지지 않는 것이다. 이런 식이라면 스
페셜 스피어에 대한 정보는 극히 제한적으로 다뤄질 수밖
에 없다. 당장에 국내에서 스페셜 스피어에 대한 자세한 정
보를 알고 있는 사람은 동원밖에 없는 것이다.

물론 포탈에서 스페셜 스피어를 제공하는 변이체들이 등장하기 시작한다면, 그때부터는 자연스럽게 관련된 정보가 알려질 터다. 하지만 지금은 아니었다.

"다음은 이게 좋겠지."

동원이 시선을 다른 곳으로 돌렸다.

이제 남은 것은 20스페셜 스피어. 동원은 한참을 심사숙고한 뒤에 결정한 두 번째 보상을 다시 한 번 확인했다.

[아수라의 분노]

동원이 선택한 것은 버프였다. 해당 스피어러에게 영구적으로 주어지는 버프는 여러 가지가 있었는데, 그중에 동원의 관심을 끈 것은 바로 '아수라의 분노'라고 명명된 버프였다. 내용은 다음과 같았다.

[생물인 대상을 타격할 때마다 일정 확률로 '아수라의 증오'가 중첩됩니다. 해당 중첩이 10 중첩에 이르게 되면, '아수라의 분노'가 발동합니다. '아수라의 분노' 발동 시, 5초간 공격력의 100%에 달하는 데미지가 추가로 주어집니다. 이후 모든 기술의 재사용 시간이 초기화됩니다.

아수라의 증오는 1중첩이 될 때마다 공격력과 기동력의 2%가 증가하며, 최종 중첩 시 20%가 증가합니다. 수치가 증가할수록 중첩 확률이 감소하며, 해당 중첩은 20초간 새로이 중첩이 이루어지지 않으면 리셋됩니다.]

아수라의 분노.

15스페셜 스피어에 해당하는 버프였다. 아수라의 분노 같은 경우에는 공격력과 기동력을 일정 비율로 상승시켜 주는 버프였고, 다른 이름의 버프 중에는 정신력이나 지혜 수치를 상승시켜 주는 것도 있었다.

일정량의 변이체를 제거하면 부활 스탯을 생성시켜 주는 버프도 있었는데, 가성비가 떨어지는 것 같아 동원은 관심을 두지 않았다.

동원이 아수라의 분노를 선택한 가장 큰 이유는 바로 아수라의 증오가 10중첩에 이르렀을 때 발동되는 아수라의 분노에 포함된 재사용 시간 초기화에 대한 문구와 주어지는 버프가 자신과 만들어낼 시너지 효과 때문이었다.

카운터 스킬이나 디펜시브는 효용성이 떨어진다고 할지라도, 초기 재사용 대기 시간이 1분에 가까운 T3 기술이나 이후 배우게 될 얼티밋의 경우에는 이야기가 달랐다.

얼티밋은 퀘스트 1회당 1번만 사용이 가능했다.

쉽게 말하자면 일격필살의 기술이지만, 정말 신중하게 사용해야 한다는 뜻이다. 한 번 잘못 쓰게 되면 다시는 같은 퀘스트에서 사용할 수 없기 때문이다.

하지만 이렇게 재사용 대기 시간을 초기화시켜 주는 버프가 있다면 이야기는 달라진다. 물론 이 버프가 거의 무한

정에 가깝게 얼티밋을 사용할 수 있도록 해줄 것이라는 기대는 하지 않았다.

이미 스피어의 설명에서도 드러났듯이 중첩 수치가 증가할수록 중첩 확률이 감소한다는 내용이 있었다. 이렇게 드러내놓고 표현을 할 정도면, 수치가 10에 가까워질수록 중첩이 매우 어려워짐을 뜻한다. 어쩌면 20초라는 시간 동안 쉴 새 없이 히트를 채워 넣더라도 중첩이 단 한 번도 이뤄지지 않을 가능성도 있었다.

하지만 그래도 매력적인 버프였다.

재사용 대기 시간의 초기화는 보너스의 개념으로 치더라도, 중첩이 유지되는 동안은 계속해서 공격력과 기동력에 버프를 달고 있는 것이나 다름이 없다. 항상 주어진 전투력과 기동성, 그 이상의 수치를 유지할 수 있는 것이다.

"버프를 구매하지 않고 내용을 확인해 볼 수는 없겠지? 자세한 중첩 확률이라든가 그런 것을 확인할 기회 말이야."

"불가능합니다."

"그렇겠지."

모든 것에 공짜는 없다. 시온은 단호히 답을 했다. 동원은 미련 없이 고개를 끄덕였다. 예감상 5중첩 정도까지는 무난하게 할 수 있을 것 같았다. 문제는 그 이후부터, 아마도 8중첩 정도에 이르면 약을 올리듯 중첩이 안 되는 일이 허다할 것이다. 어쩌면 중첩을 쌓기 위해 과도한 다단 히트를 넣으려고 할지도 모를 일이다.

동원은 버프를 취득하는 대로 퀘스트와 현실에서 다양하게 활용하고 사용해 보며 시험을 해볼 요량이었다. 게다가 중첩이 '생물'을 대상으로만 쌓인다고 한 만큼, 샌드백이라든가 벽 따위에 두드려 중첩을 쌓을 수는 없었다. 여차하면 나무라도 두들겨야 할 판이다.

"예정대로 아수라의 분노 역시 구매하겠어."

"아수라의 분노가 구매되었습니다. 별도의 도구 장착이나 효과 없이 즉각적으로 본인에게 적용됩니다. 아수라의 분노에 관한 생각을 떠올리면 자연스럽게 중첩 현황을 파악할 수 있습니다. 확인을 위해 10초간 1중첩 상태를 유지하겠습니다."

시온의 말에 나는 아수라의 분노를 떠올렸다.

그러자 피눈물을 흘리고 있는 아수라의 모습을 작은 증명사진처럼 만든 듯한 이미지가 머릿속에 떠오른다. 그리고 어둡게 구성된 이미지의 한가운데에 보기 좋은 하얀 글씨로 1이라는 숫자가 출력된다. 중첩 상태인 것이다.

"모든 기술의 재사용 대기 시간을 무한대인 것으로 설정하겠습니다. 그리고 중첩 수치를 단계적으로 10까지 올리겠습니다. 움직임을 삼가십시오."

"알겠어."

시온이 자세하게 안내를 해주고 있었기 때문에 동원은 숨을 죽이고 변화의 과정을 지켜보았다. 이내 모든 기술들의 재사용 대기 시간이 '∞'으로 바뀌고, 1초에 아수라의 증오가 1중첩씩 쌓여갔다.

그리고 어느새 10이 되었을 때.

피눈물을 흘리고 있던 아수라의 모습이 사라지고, 잿빛 하늘을 향해 포효하고 있는 아수라의 모습으로 이미지가 바뀌었다. 아수라의 뒤로는 천둥 번개가 내리치는 모습까지 그려져 있었다.

동시에 카운터가 이뤄졌다.

5, 4, 3, 2, 1… 카운터가 끝나자 '∞'으로 표시되어 있던 모든 기술들의 재사용 시간이 초기화되고, 기술창이 활성화됐다. 지금은 얼티밋이 존재하지 않아 확인이 불가능하지만, 존재했다면 얼티밋도 동시에 초기화되었을 것이다.

"이건 지금보다 나중에 더 기대되는 버프가 되겠어."

동원은 그렇게 생각했다.

이후 재사용 대기 시간이 길어지는 기술이 나올수록 버프의 효용성은 더 커질 터다. 동원의 판단으론 이후 스페셜 스피어를 획득하는 스피어러들이 생겨난다면, 이 버프에 가장 먼저 관심을 가질 가능성이 커 보였다.

앞서 동원이 구매한 스킬 강제 개방이나 버프 구입 모두 스피어러들이 군침을 흘릴 만한 것들이었다. 무조건적으로 구매할 것이 예상되는 것들이기도 했다.

다만 스페셜 스피어로 구매한 것들을 지금 바로 손에 넣는 동원과 한참의 시간이 흐른 뒤에 손에 넣는 스피어러들의 격차는 반드시 존재할 터. 동원은 지금 자신이 얼마나 남들보다 더 많이 앞서나갈 수 있는 유리한 위치에 있으며, 좋은 상황인지 가감 없이 깨닫고 있었다. 아수라와의 목숨을 건 일전은 정말 죽음과 직결될 수도 있었던 위기였지만 그 위기를 현명하게 극복했다. 그리고 지금 두둑한 보상을 받고 있는 것이다.

스킬 강제 개방.

아수라의 분노.

두 개의 혜택을 구매하고 남은 스페셜 스피어의 개수는 5개였다. 동원은 장신구 쪽에서 일찌감치 보유한 스피어에 맞춰 눈여겨 두었던 목걸이를 바로 구매했다.

[저항력 목걸이(Resistance Necklace)]

영어로 풀네임을 발음하기 쉽지 않은 목걸이에는 적절하게 한국식의 이름이 붙어 있었다.

[자신에게 이뤄지는 공격에 대해 1%(+1% × 강화 레벨)의 저항력을 적용하여 우선적으로 데미지를 감소시킵니다. 개인의 물리 방어력,

항마력에 대한 적용은 그 이후입니다.

강화는 2레벨까지 가능하며, 초기 구매 시의 강화 레벨은 0입니다. 1레벨로의 강화는 1므스페셜 스피어, 2레벨로의 강화는 2므스페셜 스피어를 필요로 합니다.]

동원이 버프를 포함해서 퍼센티지 개념이 적용되는 보상에 관심을 가진 이유는 하나. 시간이 흐르고 자신이 성장할수록 이에 따라 기대되는 수치의 총량이 늘어나기 때문이다.

10의 데미지를 주는 자잘한 변이체의 공격에는 저항력 목걸이가 1의 감소 효과밖에 주지 못하지만, 1000의 데미지를 주는 변이체의 공격이라면 무려 100의 감소 효과를 이끌어낸다. 갈수록 효율이 떨어지는 수치화된 물품들과는 달리, 퍼센티지로 적용되는 것들은 장기적인 안목에서도 나쁘지 않은 선택이었다.

물론 지금 당장 가시적으로 변화된 느낌을 확 받지는 못할 것이다. 하지만 이미 디펜시브라는 좋은 방어 기술을 가진 동원에게 있어, 저항력 목걸이는 부족한 2%의 데미지 감소를 마저 채워주는 시너지 좋은 방어형 장신구였다.

"저항력 목걸이를 구매하시겠습니까?"

"구매하겠어."

"구매되었습니다. 자동으로 착용되었으며, 장착 해제 시해당 효과는 사라지게 됩니다."

자연스럽게 저항력 목걸이가 동원의 목에 채워졌다. 언뜻 보기엔 평범한 은 목걸이처럼 보이지만, 스피어러를 위한 장신구인 것이다.

다만 마음에 걸리는 것은 장착 해제 시에 사라지는 효과에 대한 것이었다.

아직까지는 대외적으로 드러나지 않고 있었지만, 이미 암시장 등지에서는 스피어러들이 스피어 내에서 가지고 나온 무구들이 심심찮게 거래되고 있다고 했다.

즉, 동원이 이번에 구매한 것들 중 저항력 목걸이는 얼마든지 다른 스피어러들에게 판매할 수 있다는 뜻이다. 물론 스피어러가 아니어도 상관은 없겠지만, 효용성이 떨어지니 굳이 큰돈을 들여 구매할 사람은 없을 터.

동원은 앞으로 이렇게 장착과 해제가 가능한 물품들, 그중에서도 가치가 상당한 물건들이 등장하기 시작하면 얼마나 더 이런 암시장이 생겨나게 될지 짐작조차 할 수 없었다.

이렇게 동원의 스페셜 스피어 사용은 끝이 났다.

스페셜 스피어들을 사용하기 전, 동원은 아주 잠깐 이런 생각도 했었다. 스페셜 스피어를 좀 더 아껴놨다가 나중에 더욱더 비싼 다른 물품들을 구매하면 어떨까 했던 것이다.

하지만 그것은 매우 근시안적인 생각이었다.

당장에 다음 퀘스트, 혹은 오늘 하루의 안전을 걱정해야 하는 상황에서 다른 것도 아닌 스페셜 스피어를 세이브해 둔다는 것은 말도 안 되는 생각이라 생각한 것이다.

빅 웨이브가 내일 다시 예고되지 않으리라는 보장도 없고, 집 앞의 포탈에서 아수라가 다시 등장하지 말란 법도 없었다. 그렇다면 쓸 수 있는 대로 필요한 것들을 구매해 두는 것이 좋았다.

그래서 후회는 없었다. 오히려 실전에서 개방된 T3 기술과 아수라의 증오와 분노, 그리고 저항력 목걸이의 활용 능력을 빨리 시험해 보고 싶을 뿐이었다.

"선택의 통로로 이동하시겠습니까? 빅 웨이브에서 획득한 스피어에 대한 정산이 남아 있습니다."

"그렇게 해줘. 여기서의 볼일은 끝났으니."

"이동합니다."

시온의 딱딱한 안내음이 이어지고, 다시 동원은 금빛이 감돌던 방에서 차가운 암흑만이 가득한 선택의 통로로 돌아왔다.

이제… 빅 웨이브에서 얻은 스피어들을 이용해 필요한 물품 구매를 시작할 차례였다.

선택의 통로에서도 동원은 몇 가지 선택지를 놓고 고민

했다. 걸린 시간만 놓고 보면 금빛 공간에서 보낸 시간보다도 훨씬 길었을 정도였다.

하지만 이윽고 판단이 끝났고, 결정은 신속하게 이루어졌다.

스태틱 건틀릿의 구매.

그리고 광역 기술에 해당하는 T3 기술의 4레벨로의 상승.

남은 스피어를 힘과 민첩성에 각각 이 대 일로 분배.

그리고 두 벌의 심플 슈트 구매와 소진된 포션, 만약을 위한 중력 폭탄 구매.

이렇게 동원은 이번 웨이브를 통해 얻은 모든 스피어의 활용을 끝냈다. 0.1스피어도 남지 않은 완벽한 '전량 소모'였다.

분배를 모두 마친 동원은 선택의 통로를 빠져나왔다.

익숙한 서울 스퀘어의 광경이 다시 눈에 들어왔다. 그리고 익숙한 사람들의 모습도.

제12장
잠깐의 휴식

빠직, 빠직.

동원의 손에 장착된 스태틱 건틀릿에서는 약한 전류의 파장이 일고 있었다.

기존에 동원이 착용하고 있던 25스피어의 건틀릿은 기본 형태로 별다른 효과가 없었지만, 스태틱 건틀릿은 주어진 옵션부터가 달랐다.

우선적으로 힘의 수치를 100 올려주었다.

지금 동원의 상황에서 힘의 수치를 100 올리려면 400 스피어가 소진된다. 환산 비율이 또다시 상승하면서 더욱 많은 스피어를 잡아먹고 있는 것이다.

하지만 그에 비례해서 획득한 스피어의 수도 증가해 온 만큼, 동원은 달리 인플레라는 느낌은 갖지 않고 있었다. 스태틱 건틀릿 구매에 들어간 비용이 500 스피어니, 환산하면 남은 옵션들을 100스피어를 주고 구매한 것이나 다름없는 셈이었다.

D랭크, C랭크, 이렇게 랭크가 증가할 때마다 더 위력적이고 옵션이 다양한 건틀릿을 구매할 수 있었지만, 지금은 스태틱 건틀릿이 입수할 수 있는 최고의 건틀릿이었다.

과도하게 무구에 투자를 하고 싶지 않은 동원의 입장에선 당분간 스태틱 건틀릿을 버리고 다른 건틀릿에 눈을 돌릴 일은 없을 것 같았다.

주변을 살피니 여기저기서 스피어러들의 외형에 변화가 일어나고 있었다. 각자의 시간이 멈추고, 그 사이에 선택의 통로 안에서 스피어를 이용해 물품을 구매하면서 생겨난 변화다.

자기 자신에게는 오랜 시간이 흐른 뒤에 현실로 이동하는 것이지만, 타인에게는 1초가 채 안 되는 시간에 일어나는 변화이기 때문이다.

그래서인지 눈 한 번을 깜빡이고 나니 규현과 서희의 모습에도 변화가 있었다.

규현의 검 색깔이 바뀐 것이다. 일전에 들고 있던 것보다 더 강한 예기를 머금은 검으로 규현은 만족스럽게 검의 면면을 살피며 고개를 끄덕이고 있었다.

서희는 바로 파이어 볼을 캐스팅해 보는 모습이었다. 획득한 스피어를 이용해 가장 기본적인 마법에 해당하는 파이어 볼을 강화했는데, 생각보다 화력이 좋아져 만족하고 있었다.

정신력에도 충분한 스피어를 투자한 덕분에 그녀는 작은 화염 구체를 던지는 기본 공격, 이른바 '평타' 의 데미지도 만족할 만한 상승을 거둔 상태였다. 마법사라고 해서 마법의 재사용 대기 시간을 기다리는 동안 손가락만 빨고 있는 것은 아니기 때문이다.

'조용히 넘어가진 않을 것 같군.'

동원은 그렇게 생각했다.

아수라를 잡는 것에 집중했고, 목숨을 걸었고, 그러다 보니 아주 좋은 결과를 얻었다. 각국에서도 자신처럼 네임드를 제거한 사람은 분명 나왔을 것이지만, 적어도 대한민국 안에서는 동원이 최초였다. 게임에 빗대기를 좋아하는 사람들의 표현을 빌리자면 퍼스트 네임드 슬레이어(First Named Slayer)랄까. 그 말이 딱 어울릴 듯했다.

동원은 스페셜 스피어에 대해서 여기저기 떠벌리고 다니

고 싶은 생각은 없었다. 그런 건 자신의 성격과 맞는 일도 아니다. 누군가에게 관심과 주목을 받는 것은 동원이 가장 싫어하는 것들 중 하나였다.

묵묵히 자신의 길을 걷는 것만으로도 충분했다. 그리고 언젠가 또다시 찾아올지 모르는 위기에 대비하기 위해 강해지는 방법을 연구하고 또 연구하는 것, 그것이 목표의 전부였다.

동원은 스페셜 스피어에 대해서만큼은 노코멘트하기로 했다.

자신에게 생긴 변화를 남들이 자연스럽게 눈치채는 것이야 어쩔 수 없다 치더라도, 일찌감치 어떤 것들이 있는지 말해주고 싶지는 않았다.

이미 스페셜 스피어의 존재가 알려짐으로 인해서 스피어 독식과 포탈 통제에 대한 문제는 더욱 심화될 가능성이 커졌다.

여기서 동원이 얻은 혜택에 대한 이야기를 알리고 다닌다면… 스피어러들 사이에 더 많은 갈등이 생길 것임은 자명한 사실이다.

그래서일까?

서희와 규현이 빠르게 동원을 향해 다가왔다.

그러고는 주변 스피어러들의 귀에도 잘 들릴 수 있도록

말을 이어갔다.

"자, 동원 씨. 이제 돌아가요. 빅 웨이브는 끝났으니까. 우리가 더 이상 할 건 없잖아요?"

"삼가 명복을……."

규현은 그 와중에 서울 스퀘어 여기저기에 보이는 스피어러들의 시신을 보며 자신만의 기도를 올리고 있었다. 비록 규현이 입이 거칠기는 해도 마음까지 삐뚤어진 것은 아니었다.

죽은 스피어러들에게 위로가 될지는 모르겠지만, 그들의 숭고한 희생은 더 많은 스피어러들이 강해질 수 있는 계기가 된 것이라고 규현은 생각했다. 그래서 아주 조심스럽게 규현은 그들의 명복을 빌어주는 모습이었다.

"잠깐. 이대로 헤어지기는 아쉽지 않습니까?"

그때, 동원과 두 사람을 지켜보고 있던 김혁수가 달려왔다. 그의 검은 전보다 더 강한 붉은빛을 띠고 있었다.

검에 관심을 가진 적이 없는 동원은 김혁수가 들고 있던 바스타드 소드에 어떤 장치를 했는지는 알지 못했다. 하지만 이번 웨이브에서 획득한 스피어를 이용해 검에 또 한 번의 변화를 주었음은 한눈에 드러났다.

오히려 평범해 보이는 것은 동원이었다. 버프는 드러나지 않고, 저항력 목걸이는 입고 있는 옷에 가려져 보이지 않았다. 그리고 개방된 T3 기술은 아직 사용도 해보지 않았으니 알 리가 없다.

그나마 바뀐 것은 건틀릿의 외형이 전부였다. 그것도 동원이 다양한 타입 중에 가장 광택이 적고 은색에 가까운 것을 선택한 탓에 예전 것과 별반 다를 바가 없었다.

"혁수 씨. 고생하셨어요. 혁수 씨의 지휘 덕분에 많은 스피어러가 안전할 수 있었어요."

"아닙니다. 고생은 모두가 했죠. 누구 한 사람의 고생으로 평가할 수 있는 일이 아닙니다. 그것보다 동원 씨, 축하드립니다. 분신들의 방어벽을 뚫는 동안 무슨 일이 생긴 것은 아닐까 정말 걱정했는데… 정말 생각지도 못했던 일이 벌어진 것 아닙니까."

김혁수의 눈빛에서는 동원에 대한 부러움과 동시에 알 수 없는 질투 같은 것도 묻어났다. 그것은 하이 클래스에 위치한 스피어러라면 당연히 욕심을 낼 법한 감정이기도 했다.

김혁수는 자신의 클랜원들과 함께 가장 위험했던 1차 방어선을 지키는 가운데, 서울 스퀘어에 집결한 스피어러들 전체를 통솔하며 성공적으로 웨이브를 막아냈다. 물론 타의 추종을 불허할 동원의 활약이 있었지만 말이다.

여러 가지 노력과 공이 김혁수에 있는 것이 사실이지만,

동원이 아수라를 제거하면서 모든 포커싱은 김혁수가 아닌 동원에게 쏠렸다.

"아닙니다. 효과적으로 전체를 통솔해 주신 덕분에 제가 마음 놓고 아수라와 일전을 벌일 수 있었습니다. 운이 좋았습니다. 죽지 않은 것을 천만다행으로 여겨야겠죠."

동원이 겸손하게 김혁수의 말을 받았다. 김혁수는 동원의 말에 무어라 답을 하려는 듯 입을 벌렸다가 다시 닫았다. 그리고 잠시 동원을 바라보고는 다시 말을 이어나갔다.

"스페셜 스피어는… 어떻습니까? 어떤 보상이 있던가요?"

"그 부분에 대해서는 말을 아낄까 합니다. 필요 이상의 관심을 받게 될 수도 있고, 특히 여러 가지로 가온에 유쾌한 일은 아닐 것 같다는 생각이 들어서입니다."

동원은 돌려 말하지 않았다. 그 대신 김혁수만이 들을 수 있도록 목소리를 살짝 낮췄다.

실제로 예상되는 결과이기도 했다. 스페셜 스피어에 대한 관심에 비례하게 1위 클랜인 가온에 몰릴 비난도 증가할 것이다. 서로가 궁금해하지 않는 것이 차라리 나았다.

동원은 자신뿐만이 아니라 다른 나라의 네임드 슬레이어도 같은 생각을 할 것이라 판단했다.

판도라의 상자는 열렸기에 어쩔 수 없지만, 그 안에 무엇이 있는지는 스피어러들이 스스로 알아가도록 하는 것이 좋다.

"그런가요? 후후, 그렇겠죠. 정말 축하드립니다. 앞으로 아마 많은 관심을 받게 되실 겁니다, 동원 씨. 이번 웨이브에 대한 정리가 끝나는 대로 연락드리죠. 한 번 더 뵈었으면 합니다."

"그렇게 하시죠. 정말 고생하셨습니다. 모든 스피어러가 김혁수 씨에게 감사해할 겁니다. 저 역시 흔쾌히 전투를 위해 자리를 만들어 주신 김혁수 씨에게 진심으로 감사드립니다."

"서울 스퀘어에 전세를 낸 것도 아니니까요. 제게 감사하실 것은 없습니다. 그럼 또 뵙도록 하지요."

김혁수와 동원이 동시에 인사를 주고받았다.

그 순간 잠깐이나마 싸늘한 느낌이 돌았다. 그래서일까? 두 사람을 지켜보던 스피어러들의 표정에도 변화가 일렁였다.

분명 서로의 노력과 고생한 것에 대한 칭찬과 감사 인사를 주고받고 훈훈하게 끝난 대화의 자리인데 분위기는 심상치 않았던 것이다.

덕분에 스페셜 스피어에 관한 것들을 동원에게 물어보기

위해 삼삼오오 모였던 스피어러들은 거리를 두고는 더 이상 가까이 접근해 오지 않았다.

게다가 아직 지워지지 않은 아수라의 핏물들이 동원의 옷 여기저기에 묻어 있었다.

거기서 느껴지는 혈투의 흔적, 죽음을 담보로 한 사투의 아우라도 크게 한몫했다.

"이동하는 게 좋을 것 같아요. 전후 수습은 군인들이 직접 할 테니까요. 나중에 조문소가 차려지면 그때 스피어러들의 명복을 다시 한 번 빌어야겠죠."

"그렇게 하죠."

동원과 두 사람은 그렇게 서울 스퀘어를 빠져나왔다. 동이 트기 전에 시작됐던 빅 웨이브가 끝나니 어느덧 해가 중천에 뜬 대낮이었다.

각종 언론 매체와 인터넷 포털 사이트에서는 새벽녘에 있었던 빅 웨이브에 대한 기사들로 도배가 되다시피 했다.

가장 먼저 스포트라이트를 받은 것은 역시 동원이었다. 어디서 번호를 알아냈는지, 생전 처음 보는 번호들로 계속해서 전화가 걸려왔다.

동원은 받지 않았다. 그리고 집으로 돌아가지도 않았다. 이미 자신의 전화번호를 알아냈을 정도라면, 집 주소를 알아내는 것 정도는 어려운 일도 아닐 테니까.

그래서인지 자연스럽게 다음 관심은 김혁수에게로 쏠렸다.

아수라를 직접 상대하지만 못했을 뿐, 현장에서 스피어러들을 지휘하며 웨이브를 성공으로 이끈 공이 있었기 때문이다.

김혁수는 동원과 달리 적극적으로 언론사들의 인터뷰 요청에 응했다.

그리고 이번 웨이브에서 있었던 스피어러들의 전투에 대해 알리는 한편, 자신이 관리하고 있는 가온 클랜에 대한 홍보를 하는 것도 잊지 않았다.

하지만 그 와중에도 김혁수에게 동원에 대한 질문이 빗발쳤다.

대한민국 최초의 네임드 슬레이어, 그 유명세는 쉽게 사그라질 수 있는 것이 아니었기 때문이다.

*   *   *

"저는 따로 묻지는 않겠습니다. 특별하다는 사실만 알고 있으면 되니까요. 아마도 많은 스피어러가 불편하게 할 것 같지만 적어도 저희 클랜에서 그럴 일은 없을 겁니다. 물론 궁금하긴 하지만… 곧 알게 되겠죠."

서울 스퀘어를 빠져나온 동원과 서희, 규현은 미리 주차해 놓은 서희의 차를 타고 이동하고 있었다. 규현이 직접 운전을 했고 서희는 조수석에, 그리고 동원은 뒤에 앉아 있는 상태였다.

차에 타자마자 말문을 연 것은 규현이었다. 규현은 동원이 혹시나 자신을 경계할까 싶어 먼저 속마음을 털어놓은 것이었다.

"우선 서울 스퀘어에서 있었던 것들에 대한 이야기를 하죠. 두 사람 모두 고생했습니다. 같이 보조를 해주지 않았더라면 지금쯤 죽었을지도 모르니까."

"그건 동의할 수 없어요. 저나 규현이나 결국 동원 씨 덕을 본 거죠. 덕분에 스피어 보상이 짭짤했거든요. 밥숟가락을 여러 번 얹었는데, 눈치 없었다면 미안해요. 의도한 건 아니었어요."

"그런 생각한 적 없으니 걱정하지도 않아도 됩니다."

"그래도 사과할 건 해야죠."

서희가 말하는 건, 동원이 거의 죽여 놓다시피 했던 변이체들에 서희가 결정타를 날렸을 때를 말하는 것이었다. 파이어 볼이나 평타로 마무리를 했던 것이다.

하지만 동원은 그런 것에는 불만이 없었다. 덕분에 동원은 다음 타깃을 찾아 바로 이동할 수 있었고, 규현과의 연계 공격으로 충분히 더 많은 수의 변이체를 제거할 수 있었기 때문이다.

첫 만남은 좋지 않았던 서희와 규현이었지만, 그들과 함께 목숨을 건 전장에서 싸우고 나니 괜찮은 사람들이란 생각이 들었다. 물론 일면만을 보고 속단할 수는 없다.

다만 그들은 최선을 다해 싸웠고, 서로에게 큰 힘이 되어주었다. 그것만으로도 충분했다.

"동원 씨."

"리더, 낯간지럽게 목소리에 갑자기 왜 비음이 잔뜩 들어가요? 애교 부리는 것도 아니고."

"무슨 소리야, 지금 중요한 얘기를 하려고 하는데. 감기 기운이 좀 있어서 그래."

"감기는 원하면 걸렸다가 다시 나을 수도 있나 보죠?"

치열한 전투를 끝낸 지 얼마 되지도 않았는데 두 사람은 또 티격태격하기에 여념이 없었다. 마치 오래된 만담 콤비를 보는 것 같다.

"말씀하세요."

동원이 고개를 끄덕였다.

그녀가 은근슬쩍 내비친 중요한 이야기라는 것, 듣지도 않았지만 충분히 짐작할 수 있었다.

"저희 클랜에 들어오시지 않겠어요? 해드릴 수 있는 최고의 대우와 보조를 약속할게요. 원한다면 통제를 통해 얻을 수 있는 특혜까지도 약속하죠."

그리고 예상했던 대로 서희가 말을 꺼냈다.

"서희 씨의 제안에는 감사하지만 생각은 없습니다. 저는 지금 이대로가 가장 좋습니다. 클랜은 제게 절대적인 요소가 아닙니다."

"푸훗."

"리더, 왜 웃어요? 정신 나갔어요?"

동원의 칼 같은 대답에 서희가 웃음을 터뜨리자 규현이 기가 찬 듯 서희를 바라보았다.

제안이 단칼에 거절당했는데 웃음이라니, 이해가 가지 않는 규현이었다.

"아니, 예상했던 대답이라 그런 거야. 동원 씨가 거절할 거라고 생각했어요. 그래요, 인정할게요. 찔러본 거예요."

"저에 대한 호의와 좋은 생각으로 제안한 것은 알고 있습니다. 다만 클랜이라는 이름으로 묶이고 싶지 않은 생각은 예전이나 지금이나 똑같습니다. 대신 음… 전략적 협력 관계, 이 말이 좋겠군요. 지금처럼 이 관계를 유지했으면 합니다. 전략적인 협력 말이죠."

동원이 서희에게 되돌려 제안을 보냈다.

전략적 협력 관계. 말을 어렵게 만든 감이 있지만, 결국 필요할 때 서로 힘을 합치자는 뜻이다.

"이해해요, 동원 씨는 처음 만났던 때부터 클랜에 대한 반감도 있었고, 또 자신만의 방식이 있는 것 같았거든요. 솔직하게 말하자면 저희 클랜에 들어와서 더 강해질 수 있는 기회를 잡았으면 해요. 이제 클랜들은 예전보다 더 앞을 다퉈 포탈 통제에 열을 올릴 것이고, 분명 어디선가 문제가 터져 나오기 시작할 거예요. 결국에는 힘이쥬. 힘이 없는 클랜은 그 경쟁에서 도태될 것이고, 힘이 있는 클랜만 살아남을 거예요. 저는 우리 클랜이 후자가 되길 바랐거든요. 다른 건 없어요."

"부정적으로 다가올 가능성이 높은 미래에 대한 대비를 하고 있군요."

"모든 스피어러가 동원 씨처럼 스스로 강해지고, 다음 변이체들을 어떻게 상대할지 고민하는 사람들은 아니니까요. 욕심을 가진 스피어러들은 분명히 존재하고 있고, 그 욕심은 좋은 방향으로 나타날 리 없어요."

서희는 냉정하게 미래를 판단하고 있었다. 동원의 생각도 같았다. 규현 역시 내색은 하지 않고 있었지만, 리더인 서희와 같은 생각을 했다.

서희는 목이 탔는지, 조수석 옆에 놓여 있던 생수 한 모금을 들이켜고는 다시 말을 이어나갔다.

"좋아요, 전략적 협력 관계. 그만큼 동원 씨가 저와 저희 클랜에 대한 애정을 갖고 계신 것으로 생각할게요. 조만간 구미가 당길 만한 내용을 가지고 협력을 제안하겠어요. 그때 힘을 보태주세요. 절대 동원 씨에게 해가 될 만한 제안은 아닐 거예요. 해가 될 만한 제안이면 언제든 거절해도 상관없고요."

"그렇게 하죠. 저 역시 도울 수 있는 부분이라면 확실하게 힘을 보태드리겠습니다."

"솔직하게 말해줘서 고마워요, 동원 씨."

"리더, 솔직히 고맙다는 말은 좀……."

"입 닥치고 운전이나 해."

"옛."

서희의 마무리 멘트에 툴툴거리며 핀잔을 주려던 규현은 서희의 한마디에 정색하고 바로 운전대를 잡았다. 동원은 두 사람의 죽이 잘 맞는 대화에 미소를 지었다. 재미있는 두 사람이었다.

드르륵.

그때 동원의 핸드폰 진동이 울렸다. 이유리였다.

"잠시 통화 좀 하겠습니다."

"그러세요."

동원의 말에 서희가 뒤를 슬쩍 쳐다보고는 다시 조수석

앞으로 시선을 돌렸다.

"여보세요."

—오빠, 어디에요? 혹시나 해서 오빠 집 근처에 잠시 들렀다가 오는 길이에요. 벌써 취재진들이 가득 몰렸던데 이대로 돌아올 거예요? 정말 많이 귀찮아질 것 같은데…….

"그래서 생각 중이었어. 바로 돌아가면 안 될 것 같거든."

같은 생각을 유리도 하고 있었던 것 같았다. 그녀는 혹시나 하는 생각에 서울 스퀘어에서 돌아오고 있었을 동원에게 전화를 먼저 한 것이다. 현장 답사를 마치고.

—중간에 만나요, 오빠. 주변의 눈을 피해서 머물 만한 곳이 있거든요. 당분간은 거기에 머무르는 게 어떨까 싶은데, 오빠 생각은 어때요?

"일단은 만나자. 이동은 그다음에."

—알겠어요. 오빠 집에서 3번 버스 타고 다섯 정거장 위로 올라가면 나오는 정류장 알죠? 거기서 보는 걸로 해요.

"그러자."

—이따 봐요. 먼저 기다리고 있을게요.

유리와의 통화가 끝나자 바로 서희가 말을 이었다.

"그때… 그분?"

"예, 맞습니다."

"어디서 내려드리면 될까요? 그분을 만나시려는 것 같은데."

"어차피 저희 동네로 가실 테니, 중간에 내려주시면 됩니다. 그때까지만 부득이하게 신세를 좀 지겠습니다."

"모셔다드리는 건 당연한 거죠. 신세라고 하실 것도 없어요. 그럼 그렇게 하죠! 규현아, 속도 좀 내."

"규정 속도 준수합니다."

"다시 말해줄래?"

"최대한 빠르게 이동할게요. 저희도 포탈 확인이 필요하니까요."

동원에게도 당면한 현안들이 있었지만, 클랜을 운영하고 있는 서희와 규현 역시 정리해야 될 것이 많기는 매한가지였다.

서희는 돌아가는 대로 피해 상황과 웨이브 대비에 참여했던 클랜원들의 변화를 체크하고, 동시에 포탈 주변에 좀 더 세밀하고 단단하게 구축할 방어선에 대해 고민할 생각이었다.

지금처럼 가건물이나 컨테이너 따위로 주변을 막는 걸로는 턱없이 부족해 보였다. 지금까지야 이런 느슨한 방어선으로 어찌저찌 공격을 막았다고 하더라도 앞으로도 가능하리라는 보장이 없었다.

변이체들은 점점 더 강해지고 있고, 그 수 역시 늘어나고 있었다. 때문에 포탈과 변이체들의 등장에 대한 시민들의 불안도 함께 증가하고 있는 상황.

완벽하게 방비가 되어 있지 않으면 언제고 통제선이 뚫리고 말 터다. 그렇게 되면 클랜의 이미지는 물론이고, 위임받은 통제권을 박탈당하게 될 수도 있다.

생각이 깊어지니 자연스럽게 머리도 아파졌다. 서희는 자신도 모르게 조수석 한쪽에 머리를 기댄 채로 잠이 들었다.

규현은 묵묵히 운전을 이어갔고, 동원은 아수라와 있었던 혈투를 다시 한 번 복기했다.

전투의 기억은 머릿속에 생생했다. 하나부터 열까지.

네임드를 상대했다는 것, 그것은 스페셜 스피어의 획득과는 별개로 아주 큰 자산이었다.

동원은 자신이 남들보다 앞서 나갈 수 있는 기회를 얻게 되었음에 진심으로 감사했다. 감사의 주체가 누구인지는 본인도 알지 못했지만.

이제 새롭게 얻은 능력과 힘을 익숙하게 자신의 것으로 만드는 일만이 남았다. 빅 웨이브는 끝났지만 갈 길은 여전히 태산이었다.

＊　　　＊　　　＊

예정대로 동원은 이유리를 만나기 위해 중간에 하차했다.

"그럼 가보겠습니다."

"고생하셨습니다. 또 뵙는 걸로."

"그러죠."

이번 웨이브를 통해 부쩍 가까워진 규현과 인사를 나눈 동원은, 곤한 잠에 빠진 서희를 깨우지 않고 조심스럽게 차에서 내렸다.

차에서 내려 주변을 살피자, 바로 앞에 익숙한 사람의 얼굴이 보였다. 이유리였다.

"오빠."

"다행이다. 이렇게 무사히 만날 수 있어서."

빅 웨이브를 막은 것은 비단 서울 스퀘어에 있었던 동원뿐만이 아니었다. 이유리 역시 인근의 포탈에서 빅 웨이브 방어에 참여했던 것이다.

"오빠, 정말 고생했어요."

"……."

이유리의 말에 동원이 대답을 하려는 찰나, 그녀가 동원의 허리춤을 꼭 끌어안으며 동원의 품에 안겼다. 동원도 예상하지 못한 그녀의 표현이었다.

잠깐 시간이 멈춰 버린 것처럼 서 있던 동원은 어색하게 벌어져 있던 양팔로 그녀의 머리와 등을 어루만지며 달래 주었다.

해가 중천에 뜬 대낮이었지만, 두 사람은 서로가 무사히 지옥과도 같았던 시간을 보낼 수 있었음에 감사해하고 있었다.

"미안해요. 너무 반가워서, 저도 모르게."

"아냐, 미안해할 것 없어. 고생했어, 유리야."

품에서 천천히 멀어져 가는 이유리에게서 아직 가시지 않은 샴푸 향기가 났다. 이미 한 차례 격한 전투를 치렀을 텐데도 여자 특유의 향기가 그녀에게서 났다.

남자란 동물은 참 단순한 것 같았다. 동원은 그 아주 잠깐의 시간에 또 한 번 욕정이 치솟았던 자신의 감정을 되새겼다.

아수라와의 전투가 끝나고 시온을 마주했을 때 느꼈던 그 욕정 그대로였다.

일종의 보상심리인 걸까? 동원은 잠시나마 야릇한 생각에 잠겼던 머릿속을 다시 털어내고는 이유리를 따라 이동하기 시작했다.

"어느 정도야?"

"이미 취재진들이 진을 치고 있어요. 아예 길까지 막는 바람에 사람들의 불만도 많아요. 서울 스퀘어 쪽으로도 취재진들이 꽤 간 것 같았어요."

"음……."

예상했던 결과지만, 과도한 언론의 관심을 받고 있다는 것이 썩 유쾌하지는 않았다. 이런 유명세는 좋지 않은 쪽으로 확대, 재생산되기가 쉽다.

자극적인 표현, 기사화되기에 걸맞은 소재 거리를 좋아하는 언론은 영웅담을 만들어내기를 즐긴다.

그 과정에서 영웅화의 수준을 지나 신격화에 가까울 정도로 포장되는 일이 허다하게 생긴다.

이 시점부터 당사자는 본인의 의도와는 관계없이 언론의 마사지를 받기 시작하게 되고, 처음에는 공감하던 여론도 어느 순간부터인가 비난과 질타의 여론으로 뒤바뀌게 된다.

과도한 찬양이 반감을 불러일으키는 것이다.

동원은 이런 언론의 문제점을 잘 알고 있었기 때문에 아예 접점을 만들고 싶은 생각이 없었다. 자연스럽게 광풍이 지나가길 기다리고 싶었던 것이다.

"오빠, 그래서 말인데."

"응."

"저와 같이 본가로 가서 머무르는 건 어떨까 해요. 저도 이제 더 이상 국가대표로 뛸 수는 없게 됐으니까… 앞으로의 방향도 다시 한 번 고민해야 해요. 생각을 정리하고 싶거든요. 오빠가 도움을 주었으면 해요."

"지금 살고 있는 곳은 본가가 아니었던 건가?"

"여기는 임시 거처예요. 자취방 정도죠. 본가는 따로 산속에 있어요. 공기 좋고 물 맑은 곳이죠. 부모님이 어렸을 적부터 제 꿈을 키워주신 곳이기도 하구요."

마침 임시로 머물 거처가 필요했던 동원으로서는 좋은 제안이었다.

하지만 이유리의 제안을 바로 승낙하기에는 그녀에게 미안한 부분들이 많았다. 자신을 위해 희생하길 바라진 않았다. 즉, 그녀가 내키지 않는 일을 굳이 하게 만들고 싶진 않았던 것이다.

"부담이 되는 일이라면 사양하고 싶은데. 유리에게 부담을 주고 싶은 생각은 없어. 내 몸 하나 머무를 만한 곳은 어디든 찾을 수 있으니까."

"아니에요, 그런 거. 오빠도 저처럼 꿈을 향해 달려가다가 포기해 본 적도 있고, 스피어러로서 지금의 삶에 적응하기도 했잖아요. 제게 그런 부분들을 조언해 주었으면 해요. 절 위해서예요. 오빠를 위해서가 아니라."

이유리가 말은 그렇게 하고 있어도 어디까지나 자신을 배려해서 한 말이라는 것을 동원은 잘 알고 있었다. 그래서 그 마음이 고마웠고, 한편으론 미안하기도 했다. 또 다행이란 생각도 들었다.

"알겠어, 그렇게 하자."

"부모님은 일주일 후 비행기로 귀국하실 거예요. 그때까지는 말이 좋아서 본가지, 조용히 둘이 있을 것 같아요. 사람들 눈이 닿지 않는 곳에서 열심히 실력을 키워보는 것도 나쁘지 않을 거예요. 적어도 제 생각은 그래요."

"가자."

지체할 이유는 없었다.

이유리의 말처럼 동원 역시 이번에 새로이 얻은 기술과 버프, 스태틱 건틀릿의 능력을 시험해 보고 싶었다. 산속이라면 주변의 눈에도 쉽게 띄지 않을 것이고, 마음 놓고 연습을 해볼 수도 있을 것이다.

여러 가지로 좋은 조건이었다.

빅 웨이브 종료와 동시에 리셋된 대기 시간이 끝날 때까지는 아직 일곱 시간에 가까이 남아 있었다. 모든 스피어러들에게 동일하게 적용된 것으로 일종의 동기화가 이뤄진 셈이다.

남녀가 단둘이 있게 된다는 것.

남자의 입장에서는 특별하게 받아들일 수도 있는 사실이었지만, 기술 연마와 다음 퀘스트 준비에 푹 빠져 있는 동원은 어느새 추가된 T3 기술과 카운터의 연계가 가능할지에 대한 고민에 잠겨 있었다.

다만 동원을 바라보는 이유리의 생각은 조금 달랐다. 물론 그녀는 내색하지 않고 있었지만 말이다.

『월드 플레이어』 3권에 계속…

박선우 장편 소설
FUSION FANTASTIC STORY

PERFECT GAME 퍼펙트 게임

고통과 좌절의 시간들을 뛰어넘어
불사조처럼 일어나 세계를 제패한 사나이의 일대기.

대한민국을 넘어 메이저리그를 평정하며
명예의 전당에 헌정된 언터처블 투수, 이강찬.

강철 같은 어깨에서 뿜어져 나오는 그의 패스트볼은
무적이었으며 야구계에 길이 남을 **신화**였다.

**야구만을 사랑했던 고독한 사나이.
그의 퍼펙트게임이 이제 시작된다!**

Book Publishing CHUNGEORAM

청어람이 만든 자유공간─
WWW.chungeoram.com

가프 장편 소설

관상왕의
1번룸

FUSION FANTASTIC STORY

거대한 도시의 그늘에서 벌어지는
짜릿하고 통쾌한 이야기!

『관상왕의 1번룸』

텐프로의 진상 처리 담당, 홍 부장.
절망적인 삶의 끝에서 만난 남국의 바다는
그를 새로운 인생으로 인도하는데……

쾌락을 원하는 거부, 성공에 목마른 사업가,
그리고 실패로 절망한 사람들이여.

여기, 관상왕의 1번룸으로 오라!

Book Publishing CHUNGEORAM

유행이 아닌 자유추구 -
WWW.chungeoram.com